一本爱情小说集……

霍君 著

我什么也没看见

山西出版传媒集团　北岳文艺出版社
BEIYUE LITERATURE & ART PUBLISHING HOUSE

图书在版编目（ＣＩＰ）数据

我什么也没看见 / 霍君著 .—太原：北岳文艺出版社，2017.5
ISBN 978-7-5378-5168-8

Ⅰ．①我…　Ⅱ．①霍…　Ⅲ．①中篇小说－小说集－中
国－当代②短篇小说－小说集－中国－当代　Ⅳ．①I247.7

中国版本图书馆 CIP 数据核字 (2017) 第 063075 号

书名：我什么也没看见　著者：霍　君　　　责任编辑：赵　勤
　　　　　　　　　　　策划：续小强　刘文飞　书籍设计：张永文

出版发行：山西出版传媒集团・北岳文艺出版社
地　　址：山西省太原市并州南路 57 号
邮　　编：030012
电　　话：0351-5628696（发行部）
　　　　　0351-5628688（总编室）
传　　真：0351-5628680
网　　址：http://www.bywy.com
E － mail：bywycbs@163.com
经 销 商：新华书店
印刷装订：山西人民印刷有限责任公司

开　　本：890mm×1240mm　1/32
字　　数：129 千字
印　　张：6.625
版　　次：2017 年 5 月第 1 版
印　　次：2017 年 5 月山西第 1 次印刷
书　　号：ISBN 978-7-5378-5168-8
定　　价：29.80 元

不要说出事情的真相

　　我跌进水里的那个动作一定可笑极了。虽然连日来的大雨漫过了狭仄的埝，但是，我对它已经非常熟悉，所以，水并不能成为阻止我的理由。我照样从它上边跨过来，跨过去，把渠水那一边的鲜草一筐一筐地背回家。就要跨过去了，偏偏，危险在这个时候出现了。我在完全放松的状态下，松松垮垮地摔进水里。仰面朝天！坠落的一瞬，我想，我完了。背上的筐在关键时刻托住了我，我的两条腿担在埝上，上身沉在水里，只留下一颗头在水面上浮着。这颗浮在水面上的头足以暂时地保住我的性命，我还能呼吸。短暂的惊恐过后，我开始自救，可是，我发现，我根本完不成自救工作。我一动都不能动，两只臂膀无法从草筐的背带里褪出来，那个筐像是焊在了我的身上。而我，又不能连着筐一起背起来。

　　那时的天色已经有点暗了，很快就会完全地黑下来。一个人影都没有。刚刚离去的惊恐重新袭击了我，我甚至闻到了自己身上散发出来的死亡的气息。

采莲姑姑的手就在这时朝着我伸了过来。

我能拒绝那只手吗？没有选择的余地。一点都没有。

我不欠你的了。

当我像一根萝卜一样被采莲姑姑从水里拔出来时，我听见她说了那句话。那是多么意味深长的一句话！可惜，在当时，刚满十四岁的我，并不能深谙她话语的含义。

我当时所能做的就是背着沉重的大草筐，快速地离开采莲姑姑，离开这个比我大十岁的女人。而且，她不要指望着我会感激她。如果不是她在这个暑假勾引了我，我也不会变成一个在村里遭到人人唾弃的小流氓。是她，改变了我。她很容易就使我贴上了流氓的标签，并且这个标签是贴在我的灵魂上，想揭都揭不下来。灵魂上的东西是永远都无法掩盖的，它就那样裸露着，供人阅读。

所以我必须快速地离开这个女人，离开采莲姑姑。用离开的方式来证明我洗心革面的决心，来证明我浪子回头的态度。尽管我的决心和态度一点也不能改变我是小流氓的形象，可至少我在努力！否则，我的父亲肯定会把我打死。

那件事情出了之后，我的父亲险些把我活活地打死。一点征兆都没有，我背着草筐才走到院子紧挨茅房的粪堆边，父亲的人还未到，脚就飞了过来。我的头一下子扎进被鸡刨过的松软着的

2

粪土里。然后，力气惊人的父亲一把拎起我，连同背在我身上的草筐。草筐从我的肩上脱落，羊圈里的羊把嘴伸出木栅栏，对着散落的草咩咩地呼唤着。原本也是气愤着的母亲，见了父亲如此阵势，强大的恐惧感暂时压倒了她的气愤。但母亲又不敢阻拦父亲，就那样可怜巴巴地抖擞着两只枯瘦的手臂跟在父亲和父亲手里的我的身后。我当然不知道是我的姨奶奶给父亲通风报的信。我只记得人影一闪，采莲姑姑突然紧紧地抱住我，小声在我的耳边说："那边有长虫，我怕。"十四岁的我正朝着男人的方向发展，好闻的女人的气息不可阻挡地袭击了我。虽然采莲姑姑是被毁了容的，最初的美丽受到了很大程度的打折，但她是一枚熟透的果子，果子的清香是最诱人的。我像一个真正的男人那样膨胀了，跃跃欲试了。我的两只手与我的心背道而驰，它们推了推采莲姑姑，问："长虫在哪儿？"采莲姑姑把我搂得更紧了，她用更紧的拥抱拒绝我去寻找那条长虫。远处的人影又一闪，消失了。采莲姑姑放开了我，然后，她用一双泪眼默默地对着我。她什么也不说，只是流泪。泪水爬在那半边布满疤痕的脸上，缓慢而又忧郁。我不知道自己该做什么，不知道自己该说什么。或许是她刚才拥抱了我，感觉自己受了委屈，那我是不是该远远地走开呢？

采莲姑姑大概看出了我的意思。她牵住我的手，更多的泪水流出来。

"我对不起你。"在我背着草筐走出那片高高的豆子地时，采莲姑姑对我说了这句莫名其妙的话。在我看来，她所有的举动都是莫名其妙的，包括她主动地接近我，和我一起打草。

看来，那个人影一定是姨奶奶。她发现了抱在一起的我和采莲姑姑，并且在第一时间告诉了我的父亲。

我父亲施予我的是怎样的一顿打呢？他拎着我进了屋，一转身把门从里边插死，以防止母亲过来制止。接着，像摔一面废弃的破鼓那样，把我摔在地上。从父亲一米八的身躯上长出来的两只手臂，灌足了力气，开始对我进行猛烈的摧毁性的锤打。我的嘴巴里被事先塞了一块散发着臭气的擦脚布，这块擦脚布起到了极好的消声作用。最初，我那两只被绑住的手臂还在扭动，还在准备做一些自卫的举动。可我发现，我越是这样，父亲的锤打越是猛烈，从暴雨向特大暴雨转变。很快，我的眼睛已经不能睁开，它们快速地肿胀起来。父亲只是沉默地投入地锤打着，被烟叶子熏得黄黄的牙齿死死地咬住下唇。透过眼睛的缝隙，我看见了一丝红红的血从父亲的齿缝间渗出来。

血——它在顷刻间铺展成一袭红色的织锦，席卷着我的灵魂飞上了天堂。肉体的疼痛离我而去。

醒来时，母亲用怜爱、怨恨的眼睛对着我。

"好好的一个孩子咋就学坏了呢？跟妈说，是不是采莲先招惹的你？"

我才明白我究竟为了什么挨父亲的打。

到底有多恨让我名誉扫地的采莲姑姑，我说不清楚。也许那根本就不是恨，而是怨。在我后来明白了事情真相的时候，才有了对采莲姑姑真正意义上的恨。怨着她，却也是怀念着她。她是除了我母亲之外，我第一个亲密接触的女人。

父亲把我打完了，就用一把锁头把我锁在屋里，禁止我出门。母亲大概怕我想不开，一边从门缝里给我塞吃的东西，一边解释说，父亲怕采莲家里的人找上门来，对我不利。我拒绝吃母亲塞进来的那些东西。表面上我的拒绝是在惩罚犯错误的自己，是在和父亲的暴打做着无声的抗议，实际上我是陷入了深深的恐惧之中：对自己的恐惧，对采莲姑姑的恐惧，对父亲的恐惧，对外面世界的恐惧，还有对耻辱的恐惧。

整个李家庄的人拔长了脖子，翘首期待着。采莲姑姑一家却扫了全村人的兴，没有如他们所愿地打上我家的门。太过于安静了，一切都是从前的样子。

采莲姑姑的母亲，那个瞎了一只眼的女人一如既往地坐在门口的小石墩上，手捻着一串佛珠，用睁着的那只眼阴气很重地打量着眼前的世界。谁也无法说清瞎眼女人保持这个不变的动作保持了多少年，好像她带着采莲姑姑刚嫁到李家庄时，并不是这个样子的。李家庄的人集体丧失了关于她那时的记忆，只记住了瞎眼女人现在的样子。或许是瞎眼女人现在的这个样子太过于醒目了罢，所以才抵消了人们过去的记忆。瞎眼女人的那只不瞎的眼睛，如一个泉眼般，流泻着涓涓的阴气。太阳都躲着她的阴气，

5

迫使一年四季的温暖绕着她走。村里人也是怕了瞎眼女人的阴气的，据说，即使是在夏天，从女人的身边走过，也会明显感到有一股冷气袭来。我居然招惹了瞎眼女人的女儿。说不定这个女人会施什么法术：她的手只需在空中一抓，再吹一口仙气，然后，把手中的咒语朝着我家的方向放飞，我家便会在眨眼间灰飞烟灭。瞎眼女人竟然什么都没有做。她的屁股都没有从石墩上离开一下，手里的佛珠依旧闲适地在她的指间捻过。

总有唯恐天下不乱者。有小小少年领了大人的旨意也未曾可知，对着瞎眼女人喊：瞎婆子，你家的闺女让李明礼的大小子给搞了！

小小少年的话宛如远古时代发出的声音，今生今世都传递不到瞎眼女人的耳朵里。

李家庄上的人，李家庄上的繁杂，都在瞎眼女人的眼前隐遁而去。只有越来越重的阴气在流泻。

还有采莲姑姑的继父，那个和我爷爷一个辈分的非李姓男人，他也保持了以往的姿态。这个面相还残留着几分英气的半老男人，照例每天把他编织好的各种手工制品拿到集市上去卖。他的一双巧手在李家庄是拔了头酬的，生产队还没有解散时，他就偷偷拿了一些自己做的小制品到镇上去卖。有一天，他从镇上回来，身后跟着两个陌生人，一个瞎了一只眼的女人，一个四五岁的小姑娘。看不出她们是丑还是俊，极度的肮脏迟钝了人们的视觉效应。他说：看来好事做不得呢，看她们两个可怜，就买了烧饼给她们吃。结果，两个人吃了烧饼后，就跟定了他。他说她们大概是认为他家里有好多的烧饼吃。那时非常年轻的他怎么也不会想到，一大一小两个女人自从进了他的家门，就再也不离开了。不但不离开，小女孩的母亲，瞎了一只眼的女人还做起了他的媳妇。瞎眼女人这个媳妇做得有些强硬，有些霸道。这样一来，他就显得弱势了很多，无辜了许多。其实，女人收拾干净之后，如果不是瞎了一只眼，绝对是个大美女的坯子。她的女儿，叫采莲的小姑娘长得很像妈妈，眉目清秀得有点过分。

他就真的做起了瞎眼女人的男人，做起了采莲的继父。刚开始的时候，李家庄的人都觉得他多多少少的有点委屈，以他的资质，应该找一个更好的女人——起码不是瞎了一只眼的，起码不是带了孩子的。很快，人们发现，他无论是做瞎眼女人的男人，还是做采莲的继父，都做得很好。尤其，他非常疼爱采莲。几岁的采莲坐在门口的石墩上，等着他回来。他从来不让采莲失望，经常给她买一些小零食、一些小女孩的装饰品等等。后来，采莲姑姑上了学，他更是承担起了做父亲的责任，风雨无阻地接送。采莲姑姑也真是争气，书念得出奇的好，每年都会拿回家一两张奖状来。出人意料的是，书念得很好的采莲姑姑只念到初中毕业就说什么也不再念了。他说采莲你不要担心学费的问题，你只管念好你的书。采莲说念了高中就要住宿了，就不能天天看见他了，不能天天看见他还有啥意思。初中毕业的采莲和现在的我一样大，还是个孩子。一个孩子无论说什么也还都是孩子话。还有，那时的李家庄实在没有几个女孩子能念高中，初中毕业就算不错了。在李家庄的人看来，采莲念到初中毕业，他已经尽到了做父亲的责任。

或许就在那时吧，采莲姑姑和瞎眼女人的关系就不是很好了。采莲姑姑越长越漂亮，她的漂亮像她母亲当初做继父的女人那样，充满了霸气。这便是所说的血脉吧。可能母亲也会嫉妒女儿的美丽。面对采莲姑姑的成长和与成长相辅相成的美丽，瞎眼女人完全没有呈现出作为母亲的欢欣。她的流泻阴气的泉眼应该就在那时渐渐地形成了。然后，手上多了一小串从集市上廉价买来的佛珠。佛珠的存在使得瞎眼女人的阴气充满了冷森森的神秘感。当采莲姑姑和瞎眼女人的阴森之气交锋时，惨剧不可避免地发生了。惨剧早晚是要发生的，它要来，便是任何的力量都阻挡不了的。只是，它需要一个契机。

这个契机给采莲姑姑张狂的美丽封了顶。

一个很漂亮很美丽的大姑娘，命运会给她提供更多的选择机会。采莲姑姑是李家庄所有未婚男人追逐的对象，是所有已婚男人的梦中情人。可是，不管是未婚的男人，还是已婚的男人，他们都不在采莲姑姑的视线之内。仿佛有一道无形的屏障阻隔了采莲姑姑的视线，采莲姑姑的眼睛无法穿透屏障的厚度，无法捕捉到屏障之外的性别的诱惑。这道屏障让未婚男人和已婚男人保持了一致性，采莲姑姑不属于他们当中的任何一个人，所以他们之间没有因采莲姑姑而产生的嫉妒和仇恨。男人们表面上波澜不惊，私下里却是暗潮汹涌，尤其是未婚的男人。

和男人们的热烈比较起来，作为采莲姑姑母亲的瞎眼女人，对女儿的婚事则呈明显的冷漠态度。不是骄傲，不是引以为荣，是带着嗖嗖凉意的冰冷。集众人的力量依旧没有能够挪动采莲姑姑眼前的屏障。李家庄的人向来眼里不揉沙子，但是被沙子迷了眼，看不清事实的真相，那，就要千方百计地把沙子挑出来，目光如炬地接近事实的本来面目。

在这时，李家庄的人听见了那声惨叫。

谁也无法说清瞎眼女人是如何制造那场惨剧的。就连发出惨叫的采莲姑姑也拒绝向外人描述惨剧的全过程，更不要说原因。

听了那声采莲姑姑发出的惨叫之后，人们才真正理解了惨叫的含义。

发出惨叫之后的采莲姑姑，不再美丽，不再漂亮，比李家庄的任何一个女人都丑陋起来。这令所有的男人都伤心不已。

采莲姑姑的丑陋断了男人们的念想。实际上，男人们的伤心根本就没能持续多久，他们就彻底忘了采莲姑姑曾有过的美丽。采莲姑姑连同她身上的草筐偶尔出现时，男人们的眼光懒懒的，也是软软的。幸好，此刻的淡漠就如同当初的热烈一样，它们全在采莲姑姑的屏障以外，她感觉不到它们。

采莲姑姑再度地引起李家庄人的关注，当然是出了那件事之后。采莲姑姑也和瞎眼女人，和她继父一样，让李家庄的人失望了，人们没有看到他们想看到的。真是一个不要脸的女人，人们只能这样说，这样骂。女人的骂往往更尖刻，她们指着男人说："整天假装正经，是嫌你们这些人老呢，人家要一掐就出水的。"

我当然就是那个一掐就出水的。

幸好，难挨的假期生活终于结束了。我天真地以为到了学校，心情会跟着好起来，压抑会减轻一些。我甚至已经准备好了全力以赴地去读书。

但是，我的那枚流氓标签是如此耀眼！在很短促的时间内，不光我的同学看到了，就连老师们也看到了。他们充满了耻辱，好像我的那枚标签玷污了他们纯洁的眼睛。

我的书就快读不下去了，生存的意念也越来越薄弱了。我和别人的看法一致，我是一个纯粹的流氓，尽管我是被动的。一个流氓注定要承受大众的鄙薄和唾弃，否则人们都要争着去当流氓了。像我这样一个流氓，怎么配坐在教室里读书呢？像我这样一个流氓，怎么配活在这个世上呢？怎么配？

我的父亲和母亲及时挽救了我。他们大概看出了我对生存的厌倦。虽然我行了流氓之事，虽然我给了他们无尽的耻辱，但毕竟他们是我的父母，他们不希望我过早地死去。于是，他们把我转到了一百公里以外的河北廊坊大姑家读书。幸亏我的父母阻止了我的死亡，否则我将永远失去为自己洗刷罪名的机会。

给我转学，其实是我母亲最先提出来的。我的低迷刺伤了母亲，让母亲痛下把我送走的决心，却是因为母亲看到了一个可怕的事实。这个可怕的事实绝对不是一个少年能够承受的。

母亲发现，采莲姑姑的肚子一天一天地大了起来。

我不知道母亲是怎样说服了父亲。也许，父亲对我的仇恨和蔑视只是表面上的，他的骨子里并不希望我在他之前就死去，他还是在乎我这个儿子的。他把对我的在乎暗藏在心里，需要母亲苦口婆心地劝说，才肯让他的在乎展露出来。他接受了母亲的意见，把我送走，他和母亲一起面对更加残酷的事实。

在父亲和母亲的惶恐中，采莲姑姑的肚子快速地膨胀着。我的父亲和母亲已经做好了最坏的打算，接受采莲姑姑肚里的孩子，接受采莲姑姑。

后来我顺利地考上了一所重点大学。在我读高中的几年里，已经从生物书上弄懂一个事实。那就是，我没有真正地伤害采莲姑姑。它不过是一个拥抱，仅仅是一个被动的拥抱。但是，除了我，除了采莲姑姑，李家庄的人谁会相信这个事实？谁会？因此，我还是无法揭掉牢牢地贴在我灵魂上的那枚流氓标签。

这个事实让我长久地悲哀着。

我还不知道关于孩子的事情。

有时，父亲和母亲从遥远的李家庄赶到大姑家，我总是感觉他们一副心事重重、有话要和我说的样子，但他们什么都不说。在我的面前，他们拒绝谈李家庄，拒绝谈采莲姑姑。他们更加拒绝把我带回李家庄。他们一遍又一遍地叮咛我要好好地念书，要争气。我隐隐感到，父亲和母亲在刻意掩盖一些真相。我的李家庄，我们的李家庄肯定又发生了什么。

直到我拿到了录取通知书，母亲说，回来一趟吧，和你说说那个孩子的事情。

采莲姑姑生孩子那天，天上下起了大雨。

——采莲的继父请来了接生婆。

瞎眼女人坐在石凳上，淋着雨。指间的佛珠在旋转，步伐有些零乱。

雨落在檐下一只倒扣着的水桶上，发出清脆的啪啪声。啪啪声吞灭了采莲姑姑的呻吟。

突然，一声婴儿的啼哭声，被闪电挟持着降临在李家庄的上空。瞎眼女人指间的佛珠戛然止步，一股暗红的血在肆意流淌……闪电抛下独自啼哭的婴儿，抽搐着仓皇而去。

从此，瞎眼女人完全地瞎了。

关于瞎眼女人的自残，李家庄的人都认为和我是不无关系的。如果不是我做下了丑事，采莲姑姑也不会生下孩子。采莲姑姑不生下孩子，瞎眼女人也就不会做出那样极端的事情。我的家人、我的父母也越发觉得我们家是该承担责任的。那是我的孩子，当然也就是我们家的孩子。

况且那孩子也确实长得可爱，是个男孩。我的父母绞尽脑汁地接近孩子，想多看几眼他们认为的孙子，想从他们认为的孙子身上寻到我的影子。可惜，男孩长得没有像我的地方，像极了他的母亲。没有太大的关系，只要孩子的血脉传承了我的血脉，就够了。我的父母日渐喜爱起那孩子来。只要采莲姑姑或者采莲姑姑的家里人一开口，我的父母就会接受他们母子，就会随时把我从廊坊召回来。勇于承担是我们家庭的美好品德，为了承担，我的家庭愿付出任何的代价。我想，再也没有比我父母更为难的了。他们一方面要我好好读书，另一方面却又随时准备好了终止我读书，去对那个所谓的承担负责任。并且，我的父母也尽可能地让李家庄的人都明白他们的态度、他们的立场，以及他们随时都准备好了的承担。

采莲姑姑一家人依旧没有丝毫让我们家承担的意思。他们越是这样，我们家越是愧疚，越是表现出真诚的承担精神。

孩子的笑声时常地在采莲姑姑家的小院里响起。孩子的笑声里夹杂着采莲姑姑的笑声，夹杂着她继父的笑声。瞎眼女人不笑，她盘踞在石墩上，两只空洞洞的眼睛往外喷射着阴气。那孩子却不怕瞎眼女人，在母亲的怀里歪着小身子，把小手张向瞎眼女人手里的佛珠。他用形体语言说，他要，他要那串珠子。

随着孩子的成长，一个问题很快地暴露了出来。孩子对外界的声音没有一点的反应。也就是说，那孩子根本听不到这个世界。采莲姑姑、她继父、我的父母都陷入了焦躁当中，他们为这个孩子担忧，想办法医治这个孩子。尤其是她的继父，他不相信医生的话，他夜以继日地编织着他的手工艺品，他要赚好多好多的钱。他要用赚来的好多好多的钱给孩子最好的医治。他和采莲姑姑拒绝了我父母送来的钱，他们说他们可以，他们说谢谢，他们说自己的事情自己来做。

我的父母内心相当的悲凉。他们竟然要袖手旁观。

幸好，那时她继父手工艺品的销路已经很好了，很多都被外国人买走了。给孩子最好的医治也就不是一个梦想了。

瞎眼女人冷冷地笑了——

报应啊……报应啊……

她坐在石墩上反复地吟唱着。

母亲在这时对我说了那个孩子。母亲的话还没有说完，就已经是满脸的泪水。我也哭了，为这几年我的家人所承受的莫大的煎熬。

我说，把一切都交给我来处理吧，我已经是个大人了。

我挺了挺脊背，做好了回到李家庄的准备。

我不会说出事情的真相，只想亲口问一问采莲姑姑——

为什么你选择的对象会是我？

动情的耗子

耗子是两条腿的人，不是四条腿的老鼠。在我嫁到芝麻村之前，我就知道耗子。耗子和我的叔叔是拜把子的弟兄。耗子凭着手里的一把锯子走遍了四邻八乡，而叔叔也是个好交朋友的红脸汉子。某个机缘，叔叔就和耗子走到了一起，并且成了除了老婆什么都可以拿来交换的朋友。每年的春节，叔叔和耗子都互有往来。可就在1986年的那个春节，叔叔和耗子突然断了交。

叔叔和耗子断交是因为女人。耗子在芝麻村又有了除了老婆之外的女人。叔叔和耗子在耗子家的那盘大炕上对峙着：

叔叔说，和那个女人断了！

耗子说，不断！

叔叔的眼睛就红成了白兔眼，他用手指着缩在角落里的一男一女两个孩子，吼，别的不冲，就冲两个孩子！断！

叔叔满口带着酒精分子的唾沫星子呼呼咆哮着，冲耗子砸了过去，它们想砸垮耗子坚不可摧的意志。

耗子也瞪红了一双眼，你是我哥，我再叫你一声哥，哥！别的我听你的，这事儿不行！

叔叔的那只举在空中的手指就抖。他的身体是僵硬的，那只抖动的手仿佛刚刚嫁接在他的身上，气息还来不及沟通，所以手并没有将颤抖的状态传递给身躯。抖着抖着，手不知从哪里借助了一股力量，在停止了抖动的同时，猛地从桌上抄起一只白酒瓶子。谁都以为那只酒瓶子会砸向耗子，包括叔叔自己。可是没有，酒瓶子在叔叔的头上开了花。

一只酒瓶子砸碎了叔叔和耗子的友谊，却砸醒了我的那只想了解耗子的第三只眼。

我理所当然地站在了叔叔这边，从内心里鄙视耗子，这样一个五短身材的男人居然变成了陈世美。由鄙视生出愤慨，于是，我推搡着母亲去找耗子，让她断了耗子给我牵线的那门亲事。

母亲当然没有听我的话，所以耗子和我家的联系在我出嫁那天才终止。这免不了沾染了卸磨杀驴的嫌疑。幸好不会有警察来追查这件事，驴杀也就杀了，何况这次杀的不过是一只忘恩负义的耗子。我出嫁的那天早上，我的公公顶着满头的碎星星去找耗子。因为耗子是媒人，带着新郎去女方迎娶新娘是媒人义不容辞的责任。我的公公敲响了耗子家的大门。没人应声。再敲，大门便开了一条缝儿，从门缝里探出一团杂草。我的公公很是吓了一跳，细一看，不是杂草，它里边包了一颗头。一颗女人的头。耗

16

子老婆的头。那颗头睁了一双惺忪的眼，眼里还隐着两抹梦的痕迹。我的公公问耗子的老婆，耗子呢？耗子的老婆说，耗子没在家。公公便不再问了，扭头就走。身后的大门也掩了，耗子的老婆接着又去续她的梦了。

我的公公穿过芝麻村的几条街，在一个红漆的大门口停住。

公公喊：德旺在这儿吗？德旺？在不在？该起了，别误了正事！

一只又一只睡梦中的耳朵被叫醒，是谁对着老莫家的门口喊耗子？不用费力地想了一下，就都明白了。没等我的公公喊第三声，一阵扑踏扑踏的脚步声之后，耗子一边开门，一边说，我的亲老叔，我听见了，您别喊了，再喊全芝麻村的人都听见了。公公对着提鞋子的耗子说，你小子还怕别人听见？耗子就扑哧一下子笑了。

我对耗子的鄙视程度是不比我的叔叔弱的。可自从嫁到芝麻村，真正地进入了芝麻村，我忽然发现有一股力量一点一点地削弱了我对耗子的鄙视程度，起码它不像原来那样强硬了。有了几丝的弱，几丝的柔软。

第一次在街上见到耗子的老婆时，她正像一匹马一样套在一架双轮车上，头用力地前探，探到和两瓣肥硕的屁股平行的位置。车上装的是满满的柴火。从叔叔那里论，我应该叫她婶儿的。我就大声地说，婶儿？那颗头没有抬起来。我又喊，婶儿！两束无神的呆滞的目光寻了过来，叫我吗？我说是。空洞的目光里添了几丝好奇，你是谁家的？我说出了我公公的名字。她做出努力思考的样子。我等她思考结果的时候，她却拉着一车的柴火，缓缓地从我的身边走过了。我听见她嘴巴里轻声地嘀咕着我公公的名字，那三个字一遍一遍地被女人咀嚼着，像是嚼着一块泡泡糖。我的鼻子忽然有些发酸，因为在那一刻，我不知道该去同情耗子，还是耗子的老婆。

耗子年轻时，女人像鱼一样，一拨一拨地从耗子的眼前游过。耗子只有干看着的份，哪条鱼也不属于耗子。尽管耗子手里早准备好了渔网，可聪明的耗子明白，他的网眼儿太大，哪条鱼都留不住。耗子的心大，个子却矮，人都说耗子的个头是让心给赘得才不长的。真正让耗子望美女兴叹的原因是耗子家戴的那顶"地主"的大帽子。耗子从小没父亲，寡母把他从小拉扯大。看着耗子一年大一年地娶不上媳妇，寡母就拿了镐，去刨耗子父亲的坟，边刨边骂：你个死鬼，你缺了八辈子的德了，你们家不是大地主么，你们家的地呢，你们值钱的东西呢？寡母骂够了，哭够了，再一锨一锨地把坟填上。寡母刨一次坟，耗子就撅一次镐柄。寡母也就由着耗子的性子，一声不吭地让他撅。撅完了，哪天该用得着镐了，就在耗子跟前唱着儿歌：小耗子，上灯台，偷油吃，下不来，吱吱地叫奶奶。耗子就笑了，一边给寡母打着镐柄，一边说，妈，我就差再扎到您怀里吃奶了。

耗子三十八岁那年才娶上媳妇。耗子到外村给人做木匠活，那家的主人和耗子拉闲话，问耗子有几个孩子。耗子说媳妇还在丈母娘的腿肚子里转筋呢，哪来的孩子。主人不相信，这么精明的小伙子没媳妇，谁信。耗子说，婶子，您看我像是在逗您吗？主人说，真的没媳妇？耗子说，真的。主人说，那把我闺女给你要不要？耗子说，要。

就这样，耗子也娶了媳妇。就像丈母娘说的那样，媳妇实诚，跟谁都不会耍心眼儿。实诚就实诚吧，是个女人就行了，娶进了门好歹是个媳妇。有了媳妇，寡母也省得刨坟了，自个儿也少打几个镐柄了不是！都省了不少的力气。新婚的晚上，耗子结束了三十八年的处男生涯。然而，耗子觉得有些凄凉，自己的第一次交给这样一个粗粗拉拉、没有一丝灵气的女人，真是不幸啊。他甚至有了被强奸的感觉，不是眼前的这个女人强奸了自己，而是自己把自己给强奸了。那晚，耗子就分了心。分了心的耗子就早泄了。真的是无趣极了。让睡眠掩盖一切吧，耗子的头歪在枕上就想睡去。新婚的老婆却意犹未尽，又爬上了耗子的身子。耗子的睡眠被搅了，那种被强奸的感觉更重了些。耗子甚至是有几分委屈了，于是眼角有两滴清泪流了出来。耗子被自己的泪吓了一跳，他一直以为自己是不会哭泣的。赛牛犊子的女人依旧在他的身上舞蹈。她看不见他的泪水。

芝麻村的人都说别家的男人娶的是媳妇，耗子娶的是头牛，一头任劳任怨的母牛。牛的特性在耗子媳妇身上完美地体现出来，没有一点脾气地春播秋收。不是耗子媳妇没有脾气，是她不知道什么叫脾气，她的情绪里遗漏了这个细胞，或者是细胞坏死了。这就是实诚人的好处。实诚人是不应该挑三拣四，是不应该有脾气的。耗子和他的寡母也就真的把媳妇当成了一头牛来使唤，把媳妇的任劳任怨的优点发扬光大。无论是耗子还是他的寡母，自从媳妇进门，都吃上了商品粮，再也不用汗滴禾下土了。耗子成了一个真正的游走四乡的手艺人，他的寡母高兴时串串门子，再高兴时打上几把小纸牌。他们一点也不用去同情耗子媳妇。相反，他们认为那个大脑缺弦子的女人能找到耗子当她的男人，是她前世的造化。她是不配拥有耗子的，真正委屈的是他们。耗子甚至都没有亲过媳妇。他不知道亲吻一个女人是什么感觉，他的初夜给了眼前的这个女人，他要保留着他的初吻。到底留给谁，耗子不知道。是我给耗子用上"初夜""初吻"之词的，耗子尽管是初中毕业，但是他还不懂得去使用这些词汇。在耗子的意识里，有一个模糊的想法，在他的生命中应该有一个让他激动的、禁不住让他去亲的女人。他要为她留着那两片干净的唇。

耗子媳妇的能干还体现在她的肚皮上，过门儿三年连着生了两个孩子。

一男一女的两个孩子一生下来，就被耗子的寡母抱走了。两个孩子没吃过一口奶水。耗子的寡母说是怕孩子吃了他们妈妈的奶水，也都随了妈妈。别家的孩子牙牙学语时，会说的第一个词就是"妈妈"。耗子的两个孩子不是。家里的人没有一个指着耗子媳妇对孩子说，那是你妈妈。耗子媳妇也不敢走近孩子，对孩子说，孩子们，我是你们的妈妈。她不敢。她怕耗子，怕婆婆。有一次耗子媳妇半夜起来偷偷地去看孩子，一双粗拉拉的手还未触到孩子的小脸，她忽然发现暗夜里漂着两盏绿油油的灯。那是婆婆的一双眼睛。因为不屑到了极点，因为鄙视到了极点，婆婆的眼睛便发出了狼一样的光芒。这种光芒比电流还要厉害，耗子媳妇一下子就被击穿了，她号叫着跑回了自己的屋子。耗子媳妇摇醒沉睡的耗子，抖着唇说，我的妈呀，你妈敢情让母狼精附体了，还会电人呢。耗子一个大巴掌抡过去，你妈才是母狼精。耗子媳妇嘴角流着血去捉耗子的手，让他摸身上被老狼精电的两个往外渗血的洞洞。耗子看了看，媳妇身上确实有两个洞。耗子明白，那是寡母用头上的簪子给扎的。对着房顶，耗子深深地叹了口气。从那天起，耗子媳妇更加乖顺了，她怕再被母狼精电到。两个孩子被动地拒绝了"妈妈"一词，令人奇怪的是，主动地拒绝了除了"妈妈"之外的任何的称谓。孩子们都能说整句的话了，还不会叫奶奶，也不会叫爸爸。他们需要奶奶时，就把眼神对着奶奶或者爸爸，用小手指着他们的需要，说，我要那个。耗子拎着工具回家了，奶奶对孩子说，宝儿，去看看谁来了？孩子的一颗小头探出了门外，很快又缩了回来，说，他回来了。奶奶说，他是谁呀？孩子说，他是他呀。奶奶的眼就瞪圆了，他是谁？孩子的小嘴儿一撇，就不说话了，做出了随时大哭状。

那天，本村的老莫媳妇来请耗子，说是家里要打一套家具。那是耗子第一次见到老莫媳妇。见到老莫媳妇之前，耗子对这个女人是充满了蔑视的。在芝麻村人的眼里，老莫的媳妇不是一个正经的女人，是一个还没出嫁就大了肚子的破烂女人。如果不是个没有人要的破烂女人，凭着她的姿色绝对到不了癞蛤蟆似的老莫的嘴巴里。他老莫的嘴巴长得再长，一时半会儿还够不到她。把老莫的嘴巴接上一大截的是女人肚里的野种，一下子，就让老莫吃到了天鹅肉。

　　老莫是父母的独子，妈生他时死于难产，老父一手拉扯着老莫，爷两个被日子慢吞吞地拖着艰难度日。老莫十七岁那年，老父也驾鹤西去了。

　　婶子大妈们替老莫张罗了婚事。老莫结婚那天，家族里的女人们整整烧了半锅开水，才还了老莫脖子一个清白。有人说女人肚里的孩子是女人和她干爹的，有人说是和女人母亲的老情人的，晚上睡觉，老情人一手搂着女人的母亲，一手搂着女人。甚至有的人干脆说，女人的肚子是她的亲爹给搞大的。一个没出嫁的大闺女，成了谁想骑就骑的马。所以，耗子在内心里是深深地蔑视着老莫媳妇的。那份蔑视并没有随着女人的不幸而消失。

　　娶了媳妇的老莫像是变了一个人，整日里光光鲜鲜的。用天津农村的老话说，娶了媳妇的老莫成了人了。可是，老莫媳妇刚嫁过来没有两年，老莫就出事了。老莫喝多了从自行车上摔下来，把尾椎神经摔坏了，结果造成了全身瘫痪，整个人，只有一颗头会动。令人奇怪的是，老莫媳妇面对着突来的灾难，并没有哭天抢地的迹象。她始终保持沉默，一双凤眼没有任何的悲伤，当然也没有幸灾乐祸。她的眼底是干净的，干净得没有一丝关于表情的东西。好像她早就知道了老莫要摔伤，于是，她在老莫摔伤之前就做好了心理准备。老莫媳妇的平静逼退了看热闹的人。看在老莫无父无母的分上，街坊四邻是准备劝劝老莫和她的媳妇的，劝他们想开一些。但他们发现，老莫的媳妇是不需要他们的劝慰的。芝麻村的人一边向后退去，一边骂着老莫媳妇，说她不光是狐狸精，还是颗丧门星。

老莫没摔伤时，每天光光鲜鲜地出去做活。老莫媳妇则大门不出二门不迈，不像别家的媳妇东家西家地串门子。她不串，也很少和人往来。见了人，微微一笑，唇边的酒窝轻轻地漾了漾就算完事。村里的人就有些失望，嚼来嚼去的总是她出嫁前的那点事。事实上，人们嚼的只是想象，只是道听途说。究竟老莫媳妇是让谁搞大了肚子，谁也不知道。然而老莫摔伤了，突然就摔瘫了。人们被老莫媳妇无声地逼退之后，就静静地观望着，老莫不能干活了，不能出去挣钱了，看你一个女人怎么办。老莫媳妇再一次让人们的希望落空了。她不需要出去做活，不需要扛着锄下地，她家地里的庄稼比谁家长得都好。在她下地干活之前，早早地有人帮她干完了。你不得不相信，芝麻村里是有雷锋的。于是，老莫媳妇依旧是白白嫩嫩的。在门口见了人，依旧是微微地笑笑，笑容依旧在唇边的酒窝儿里轻轻地漾着。

老莫媳妇推开耗子家的门，对耗子说，大哥，我想打套家具。女人唇边的酒窝儿浅浅地现了现，像个淘气的孩子，露了一下头，转眼就不见了。耗子的眼神被什么东西撞了一下，就有了瞬间的愣怔。你是哪个村的？耗子用最短的时间调整好自己，脸还是红了。

我就是芝麻村的，老莫家的。女人的凤眼很深地看着耗子说。

哦，你先去吧，我忙完手里的活就去。耗子想也没想，痛快地应承下来。

老莫媳妇的细腰灵巧地一闪，闪出了耗子家。耗子望定了女人的背影，妈妈的，谁这么有福能享受这样的女人？老莫家的？耗子忽然想起来，她说她是老莫家的。接下来，耗子该有什么样的情绪呢？是厌恶，然后，是拒绝给女人打家具。他是不屑亲自去拒绝的，他只需要不去理会就好了。可是，耗子有些失望了。那层厌恶的情绪好像是睡着了，他怎么都唤不醒了。耗子就有点恨自己，拿拳头在自己的头上狠狠地锤了一下。

耗子到底还是拎着锯子去了老莫家。他说服了他自己的理由是，他是一个木匠，不应该因为喜欢或是不喜欢而决定做或不做。自己挣的是钱，不管自己喜欢不喜欢都要去挣。在踏进老莫家门槛时，耗子最后一遍提醒自己，他挣的是钱，在内心里他还是鄙视老莫的媳妇的。进了老莫的家，耗子第一次见到了瘫痪了的老莫。老莫转着一颗头和耗子打招呼，吓了耗子一跳。老莫由于长久见不到阳光，脸色呈现出一种死人才有的灰色。但是，在老莫的屋里，寻不到一丝腐朽的气味，整间屋子是清爽和干净的，空气里漂着女人淡淡的体香。老莫媳妇问老莫，抽烟吗？老莫"嗯"了一声。老莫媳妇就从老莫枕边的烟盒里抽出一支烟叼在自己的嘴里，点燃，将燃着的烟塞进老莫的嘴里。然后，就领着耗子到了院里，将一堆木料指给耗子，告诉耗子她要打什么样的家具。从老莫的屋子里走出的那一刻，耗子的心里有了一小股莫名的敬意。耗子在这小股莫名敬意的环绕下，静静地倾听着老莫媳妇的吩咐。听着听着，耗子的眼神开了小差，从眼前的木料上移开，不自觉地朝着窗子瞟了瞟。透过玻璃窗子，耗子看见老莫嘴上的烟已经吸了一大截，烟灰眼看就要坠落下来。就在耗子担心那截烟灰时，猛然看见老莫的一颗头从炕上飞了起来，一个转头脸就朝了后，再回过脸来时，烟灰没有了。那颗头重又落在枕头上。耗子笑了笑。老莫媳妇唇边的酒窝儿又浅浅地现了现。耗子发觉自己的笑有点不善良，好像是在看猴戏，就禁了笑，有点不好意思起来。耗子有点奇怪，自己打中学毕业，十六岁开始拜师学艺，到现在也算是走南闯北的人，让他在意的东西好像不多。现在的他，这是怎么了？

　　耗子在院子里和一堆木料做着斗争，手脚麻利地改造着它们的形象。他的手边总会放着一杯茶，只要他需要，一伸手就可以拿到。那盏茶就像长了腿，总是不离耗子的手边。院子里除了锯子刨子和木头的亲吻声，其他的声音都安静着。春天来的时间不是很长，各种虫儿的鸣叫声还没有跟上来。耗子的全部心思都在手下的木头上。他不去看老莫媳妇，也不去跟她说话。老莫媳妇也不跟耗子说话，忙完了别的活，就坐在门槛上看耗子干活。看着看着，就浅浅地笑笑，然后春风一样飘到耗子的跟前，给耗子换上一盏热茶，再飘回到门槛上。每次老莫媳妇飘到耗子跟前，耗子的身上都会莫名地出一层汗。耗子更加投入地刨着手里的一块木料，雪白的刨花蝴蝶似的飞了一院子。

当老莫媳妇又一次地飘到耗子身边添茶水时，耗子刚好刨平了一块木料，准备换另一块。他的手却有点不知所措了，一个不留神，左手扫在锋利的刨子刃上，血立刻就流了下来。耗子轻轻地"呀"了一声。老莫媳妇一看耗子伤了手，慌慌地从屋里拿来了消毒水和白布，忙着给耗子包扎。耗子的那只男性的宽厚的大手就听话地躺在了老莫媳妇那双柔软的小手里。耗子本来想说"不碍事，只伤了点皮，我自己来"之类的话，可他说不出来了，他的嘴巴本能地拒绝了这些话。老莫媳妇离他太近了，脸上柔软的汗毛，耗子都看得一清二楚。耗子想，天下怎么会有这么好皮肤的女人呢，那张脸分明就是白玉做成的。几丝红晕爬上了这张脸，是因为紧张。她的紧张来自他的流血。这份紧张自然而然就流露出来了，没有矫揉造作，没有一点。就仿佛是什么呢？仿佛他是她的一个亲人，一个关系很近的亲人。亲人受伤了，她的紧张是理所当然的，他疼了，她也就跟着疼了。所以，她的脸都急红了。耗子浑身膨胀起来。他涨得难受，身上好像有什么东西在捆着他，他就快不能呼吸了。猛地，耗子腾地站了起来。蹲在地上给耗子包扎伤口的老莫媳妇冷不防地被耗子一甩，仰躺在地上。

耗子被自己狠狠地吓了一跳，他怎么会这样？他这是怎么了？他的这个动作完全在他的意料之外。老莫媳妇还惊愕地半躺在地上，一只肘撑在地上。她的眼里含满了委屈。满满的一眼，都是委屈。她就那样含着，含着。耗子又做出了一个动作，他想说对不起，可他没有说，而是向着地上的女人伸出了两条手臂。女人却不去拉他递过来的两条手臂，满眼的委屈汹涌澎湃地奔涌出来。往外奔涌的委屈，一滴不漏地流进了耗子的心里。耗子的两条手臂往前探了探，地下的女人便在他的怀里了。耗子也流泪了。他一边流着泪，一边去找女人的唇。女人的唇也在找他。他和她哭着，吻着。吻着，哭着。耗子的吻是疯狂的，他用力地吸吮着她，他恨他的嘴巴不是个宝葫芦，一下子可以把女人吸下肚。女人用牙咬住耗子的舌尖，稍稍一用力，耗子就呀的低吟了一声。女人用头顶了顶耗子的头，和他保持了一点距离，用好看的凤眼看着耗子，你不怕我坏了你的名声吗？耗子的手指在女人柔嫩的脸上滑过，答非所问地说，告诉我，你自己的名字叫啥？女人说，我叫巧莲。耗子说，巧莲，你听着，你是我心上的第一个女人，也是最后一个。女人的泪又流了下来。

太阳默默地离去了，一半羞涩一半感动地离去了。太阳在大地上消失前，羞红着脸最后看了一看小院里的疯狂地缠绕在一起的两个人。两个人的身上沾满了刨花，刨花细小的刺将两个人刺得血渍斑斑。两个人依旧在疯狂地缠绕……一阵小风送来，满院红色蝴蝶便翩然地舞起来。

自从耗子和巧莲好上以后，耗子家和老莫家都发生了一点变化。

耗子家的窗玻璃总是莫名其妙地就碎了。夜里睡着觉，几块砖头就从天外飞来，啪啪几下子，然后是满屋的惊叫和哭声。老莫家的地眼看着也荒了，雷锋好像是生病了，要不就是从芝麻村里蒸发掉了。巧莲开始扛着锄下地干活了，从街上走过时，一颗又一颗的头缩在门里观望着。奇怪的是，劳作一点也没有让巧莲粗糙起来，相反，她更增添了几分丰润。耗子对巧莲越发地多了几分的爱怜。他夜夜地来，夜夜地要着巧莲。老莫和孩子睡东屋，耗子和巧莲睡在西屋。半夜醒来，巧莲去东屋给老莫换身下的垫子，发现老莫的脸上挂着两道泪痕。女人用纤细的手指抚摸着老莫越来越清瘦的脸，眼里也汪了泪。老莫是醒着的，可他不睁眼。因为他不知道该拿什么样的眼光来面对他的女人。女人的泪终于答答地落在老莫的脸上，老莫，你骂我吧，骂我两句吧！老莫还是不睁眼，几个血斑斑的字从他的齿间费力地爬了出来：我不配你。巧莲的泪水更汹涌地流在老莫的脸上。

天还蒙蒙亮，耗子就离开了老莫的家。他不再怕被别人看见，自从和我的叔叔断交，我的公公来老莫家找他后，他就不再

28

偷偷摸摸的了。还有，家里那些飞来飞去的大砖头都在提醒他，全芝麻村的人都知道了他的事。事都做了，还怕别人知道吗？索性，耗子也就不再避着，明着来明着去。今天早走，他想回家收拾一下工具，跟人定好了去外村做活的，活儿挺紧。如今，也不比过去了，一个人挣钱，供着两家的花销，不紧着点手是不行的。出了门，还是满天的星。边朝着北走，耗子边抬起头来望着满天的星。北斗星在哪呢？他的嘴巴不自主地哼着，北斗星，亮晶晶……忽然，他听到一个声音在他的耳边说，去你妈的亮晶晶。然后，满天的星都在耗子的眼前逃跑了，只留下一片黑洞洞的世界。夜空也在瞬间变得异常黏稠，糊了他一脸。他的眼睛、鼻孔、嘴巴都被糊住了。他一张嘴，黏稠的东西就流进了他的嘴里。一股恶臭很快地浸透了耗子的每一个清醒的细胞。耗子明白过来了，他的身上被人倒了屎了。他伸手刚想抠去糊住眼睛的屎，一顿乱棍跟了过来。耗子跑不能跑，闪不能闪，他只好用双臂抱住头，以确保头部不受伤害。棍子比耗子手臂还要灵巧，在手臂挨到头之前，他的右眼已经和棍子亲密地接触在一起了。啊！耗子一声惨叫，昏倒在地。

耗子失去了右眼。同时，耗子还失去了寡母。

当耗子被人抬回家时，耗子的寡母一口气没上来，就挺了过去。这一挺，就再也没能缓过来。医生说是心脏病发作导致的猝死。耗子的寡母居然有心脏病，也许，连她自己都不知道吧。

耗子从医院里出来后，有人看见他坐在寡母的坟头，不吃不

29

喝，整整一天。那是人们最后一次见到他。从此，耗子就消失了。

和耗子一起消失的还有巧莲，连同老莫。耗子带着巧莲和老莫走了。他们去了什么地方，谁也不知道。

偶尔，会有邮递员到耗子家里来，让耗子媳妇签收汇款单。耗子媳妇说，我不会写字。邮递员就说，按个手印也成。耗子媳妇就伸出手指在邮递员递过来的印泥上蘸了一下，举着蘸了红印泥的手指问，按哪儿？

再后来，耗子媳妇就不用再问邮递员了，举着蘸了红印泥的手指很熟练地按了下去。

耗子的两个孩子都上学了。背着书包从街上走过，有人问，谁给你们买的新书包呀？

耗子的两个孩子说，他买的。

两个孩子依旧拒绝着所有的称谓。

放错楼层的自行车

罗老师家终于出事儿了。

罪魁祸首是一辆自行车。这辆自行车本该停放在四楼，却在五楼的门口过了夜。是谁把自行车搬到五楼的呢？是罗老师。罗老师为什么把自行车搬到五楼呢？罗老师喝多了。

那辆无辜的自行车，直到第二天早上，才被发现放错了楼层。罗老师上班找不到自行车了，郭老师说昨晚是不是没有骑回来啊，罗老师说应该不会吧。郭老师说丢了就丢了，反正是一辆旧车子，再买辆新的就成了。往脖子上系围巾，做着上班准备的郭老师还说，打个车走吧，坐公交来不及了。罗老师不甘心，坐在客厅的沙发上，做竭力思索状，想他的那辆自行车。想着想着，罗老师一根毛都没有的前额亮光一闪，人立即精神抖擞起来，拔起腿就往门外走。

看罗老师的架势，是知道自行车的去处了。让郭老师纳罕的

31

是，罗老师出了家门儿，没有往楼下走，而是顺着安全通道往楼上而去。

哎！

郭老师在罗老师身后哎了一声，意思是你上楼干吗去啊。罗老师没有应答，一分钟后，从楼上搬下来一辆自行车。郭老师当然认得，自行车正是罗老师的那辆。郭老师更加的纳罕了，你的自行车咋会在楼上呢？

昨晚不是喝多了么，把车子放在五楼了。

罗老师如是解释。

然后，找到自行车的罗老师，从屋子里拿了公文包，连人带车上了电梯，上班去了。

如果是往常，他会招呼自己和他一起走，今天他居然忘了她的存在。只是一宿的功夫，男人就变了一副嘴脸。很显然，另外一种力量占据了他，让他没有多余的空间给她，即使她就在他的眼前。

一个喝醉酒的人，把自行车放在别人家的门口，然后空着身子回自己的家。这个理由说得通吗？在这之前，男人有过无数次醉酒的经历，哪一次也没把自行车放错过楼层。就算放错了，为什么不是一楼二楼三楼四楼，或者是更高的楼层，偏偏是五楼呢？

可能之一，男人对五楼一定是向往的，所以，潜意识带着男人到了五楼。到了五楼，又是潜意识发挥了作用，对男人发出指令，提醒他走错了楼层。疑点：人走了，落下了自行车。也就是说，人和自行车是处于分离状态的。处于分离状态的条件是，男人在五楼停留了较长的时间，这个较长时间让他足够忘了自行车。男人在五楼较长时间的停留，一个可能是没有进门儿，时间消耗在楼道里。另一个可能充满了危险性与背叛性——男人进了门儿。

而且是进了501室的门儿。

四十八岁的郭老师被自己的推测吓出了一头的汗水。

明明住在四楼，怎么就把自行车放在五楼了呢？

您是在考我们吗——一对准备离婚的青年男女，暂时停止了关于孩子关于财产的争吵。他们是一对非常年轻的男女，离婚的原因很简单：男方在微信上外遇了，被女方捉奸在手机上。时间是昨天晚上。

男女开始苦思冥想起来。男说，记忆力出问题了。女说，不可能，除非老年痴呆。男说，喝多了。女说，这个有可能。男说，你忘了有一回我喝多了，开人家的门儿去了？女说，就你那点现眼的事还提呢，人家差点就报警。幸亏那家女的上了年纪，要是年轻貌美的，指定早就对人有企图了呢，我非得扇死你。男说，不可能，谁也比不过我老婆。女说，德行劲儿的，跟人在微信上勾搭的是鬼啊。男说，那就是胡咧咧，不当真的，老婆，以后我改还不成么。女说，谁信你的鬼话。男说，我拿我宝贵的生命起誓，我对我老婆忠贞不贰，做不到就十雷轰顶。女说，你现在装人了，刚才谁跟我嚷嚷离婚来着？男说，老婆，我那不是被逼无奈么，跪了一宿方便面都不管用，绝望了。好老婆，求你给我一个改过自新的机会。女说，结婚证先让它多活两天，表现不好接着离。

青年男人就笑了，拉着青年女人欢喜地离开。离开前，他们礼貌地对着郭老师说谢谢。

郭老师困惑了，我说什么了么，心理干预还没开始，他们自己就和好了，简直岂有此理。

干燥的水杯，少了菊花茶的滋润，寂寞地蹲在办公桌一角，深刻地自查自省自我检阅，看看是哪里做得不好让主人冷落了它。靠背椅很淑女，将近一百五十斤重量的肉体压迫着它也就罢了，兀自又多出来一股无形的力量，仿若有千斤的样子，通过两坨烦躁的屁股传递出来，强加给椅子。大汗淋漓的椅子，只是发出轻弱的吱吱声，努力隐忍着，把淑女的形象保持到底。门口的一块写有离婚干预办公室的牌子，看了看它的同类，办公桌上的印着心理咨询师字样的桌牌，抛出一个妩媚的眼神儿。

一切都和郭老师无关。郭老师只负责苦思冥想，给她提出的疑问寻求一个合理的解释。

自行车怎么就放错楼层了呢？

会唱歌的床。罗老师的提法很诗意，不愧是中学语文老师。

五楼的卧室下边是四楼的卧室，楼板的隔音效果不是很好，所以，五楼的床一唱起歌来，四楼的他们就可以免费收听。郭老师没有乐感，听得心烦意乱，赶明儿我非得找他们房东不可，房子随便就租出去，也不看看是什么人。一边的罗老师却笑了，人家又没干犯法的事，不就是夜里唱唱歌么，你又不是没唱过。

说着，罗老师热热的身子就贴了过来。那条身子是饱胀的，是充盈的。它本来是沉睡着的，楼上的歌声唤醒了它。饱胀也好，充盈也罢，源头都不是因为她。郭老师有了某种受辱的感觉。

不要脸。

罗老师一头雾水，我咋会不要脸了呢。

年轻就是好，底气足，嗓子亮，一首歌唱了好久才结束。然后是走路的声音，厕所冲水的声音。再然后，一切归于沉寂。夜打了一个长长的哈欠，开始进入睡眠状态。一个隐身的能工巧匠悄悄潜进来，在罗老师饱胀的身体上打了个眼儿，里边的饱胀就溪水般地往外流淌。直到身子绵软，呼吸平稳，鼾声渐起。鼾声渐渐圆润，渐渐丰厚，郭老师夜夜拿它做枕，才睡得香甜踏实。

这个晚上，枕头还是那个枕头，郭老师却睡不着。

下班回家，又在电梯里碰见501那个狐狸精一样的女子。这是第二次相遇，第一次也是在电梯里。和第二次不同的是，第一次相遇时，身边多了罗老师。她和罗老师按了四楼，那女子伸出红艳的美过甲的手指按了五楼。让郭老师不舒服的是，罗老师的眼珠儿一直落在女子的手指上，从伸出到缩回跟了个全程。几根妩媚的手指，存了挑逗的心，迟迟地收不回去。郭老师和罗老师先下电梯，郭老师吃惊地发现，电梯闭合的一个瞬间，女子送一个微笑出来，接收对象是罗老师。

她认识你吗，对着你笑？

何时对我微笑了，我咋没看见？

盯着人家的手指看，总是有的吧？

没事儿我盯着人的手指头看干吗，有病啊？

她是笑着问的，他也是笑着答的。他们都是有涵养的人，相亲又相爱，是一对人人称道的模范夫妻。尤其是罗老师，别人都聊QQ，他不聊，别人都玩微信，他也不玩，无形中提升了郭老师对他的信任度。这样一个有着深厚信任度的家庭，是不能被随意破坏的，一旦信任度坍塌了，再重建就非常困难了。因此，郭老师选择了一个温婉的策略。

晚上第二次和楼上的女人相遇，由于放错楼层的自行车的缘故，郭老师对她敌对的情绪深了几分。虽然不能确定狐狸精一定跟罗老师有关系，但是也不能排除跟罗老师没有关系。郭老师的眼神变得恶毒起来，像是两根蜂刺儿，往狐狸精的灵魂里扎。让郭老师失望的是，从始至终，狐狸精都没有看自己一眼。她根本不在她的视线里。你不就是身材好一点，穿的时尚点么，真是有眼无珠，站在你眼前的可是有名的心理专家。你，如果不是疑似和我的男人有关系，我会多看你一眼么。

睡不着的郭老师想，没看见狐狸精身边的男人，根据她的年龄推断，有可能新婚不久，也有可能是有钱人包养了的，还有可能是从事那种生意的，不断更换唱歌的搭档。罗老师如果昨晚顺利进了狐狸精的家门，那就说明狐狸精的身份是第三种推测，唱歌的搭档不固定。家里有固定的男人，狐狸精不太可能放罗老师进去。那么，罗老师进了狐狸精的门儿，会发生什么情况呢？郭老师的想象细胞此刻活跃异常。

罗老师：不好意思，我走错门儿了。

狐狸精：没关系，咱们是邻居，进来坐会儿呗。

接着罗老师就进来了，坐在客厅的沙发上。这时，狐狸精倒了一杯茶过来，说罗老师喝茶。醉意朦胧的罗老师半是欢喜半是吃惊，你怎么知道我是罗老师？

狐狸精并不作答，罗老师您坐，我去洗个澡。

罗老师听出了弦外之音，按说作为老师的罗老师该起身告辞，可是罗老师走不动了。女人的身子从粉红色薄纱似的睡衣里透出来，那是一条春笋样鲜嫩的身子，任何的男人都无法抵挡。她说她去洗澡，这不是主动把自己装在盘子里让他品尝的么。罗老师那叫一个兴奋，听着卫生间里的冲水声，再也按捺不住了，借着几分的酒劲儿，脱了衣服，把身子放倒在床上。

少时，狐狸精出浴了，一方浴巾裹不住身子的酥软，铁打的男人见了也要瘫成稀泥儿。那狐狸精明明释放了骚气，见了床上的罗老师，却一本正经地质问，罗老师，您这是做什么？

罗老师毕竟是罗老师，脸儿立即羞红了，幸好有酒晕遮掩着。他匆忙起身穿了衣服，夺门而出。下楼时，忘了门口的自行车。

其实罗老师真是笨，几十年了，还是不懂女人。那狐狸精说罗老师你这是做什么，不过是在撒娇而已，等着床上的男人将她一口吃了。不想罗老师是个雏儿，曲解了狐狸精的真实意图。喔，这就对了，怪不得昨晚罗老师回来，神色略有慌张呢。

你确信罗老师和狐狸精没有唱歌吗？

嗯，我确信。

自问自答后，郭老师又仔细回忆了一遍她检查罗老师内裤的情形。她清晰地记得，内裤是前天晚上新换上的，经过了昨晚，又经过了今晚，还没有更换过。内裤上除了几点尿渍，没有唱歌后留下的任何痕迹。这次没有唱成，不代表下次唱不成。

这个想法，又一次让郭老师热汗淋漓。

一定要找出证据来，把即将发生的背叛扼杀在萌芽状态。

不睡觉，你折腾啥呢？

罗老师被一泡尿水憋醒了。

想心事呢。

啥心事。

你说，咱俩多久没唱歌了？

就想这个心事啊——撒完尿的罗老师重新把身子填进被窝儿，前几天我想唱歌，你说我不要脸。我不要脸……鼾声起。

这个男人看来是真有问题了，如果在过去，他会善解人意地拥住她，把他体内的暖通过肌肤的媒介输送到她的血脉里。冷漠，这是一柄最锋利的武器，他使用了它。

好痛啊。郭老师用手指去捂伤口，可是，捂了这里，那里痛；捂了那里，这里又痛。十根手指根本不够用。无数条血柱儿从郭老师的体内发射出来，喷向幽暗的夜空。

是你逼我的。

郭老师习惯了叫罗老师，实际上，罗老师现在正式的身份是罗主任，教导处的主任。副的。

所以，当郭老师把电话打到那晚和罗老师一起喝酒的吴老师时，吴老师说，罗主任酒量大着呢，那点酒不至于多吧。再说了，有我们保护着，哪能让罗主任多了呢。

郭老师说，罗老师有酒精肝，医生不让喝酒的，我偷着给吴老师您打这个电话，就是没拿您当外人，以后您多关照着点我们罗老师。

嫂子，您不说我们也会的。

就要挂断电话了，郭老师随口问了一句，那天你们喝到几点呢？

嫂子，好像是八点吧。

呃，我说呢，罗老师到家儿我都睡着了。吴老师，那我挂了，闲了来家里玩啊。

就挂了。

郭老师把刚才通话的内容从头至尾回放了一遍，确信没有任何的纰漏。她把"八点"这个重要的关键词挑拣出来，认真分析研究。醉酒那个晚上，罗老师进家门儿，郭老师特意看了一下钟点儿，夜里十点整。八点到十点之间有两个小时的时间，这两个小时罗老师都干什么了？

郭老师决定亲自体验一下。离着中午下班还有一段时间，她和同事借了一辆自行车出来，左拐右拐一路寻寻觅觅，好在小城的空间不是很大，找到一家有名有姓的建筑物不是非常困难的事情。就是它了——郭老师站在叫作"谦谦君子"的餐馆面前，平息着有些紊乱的气息。嘿，名字倒是不错，进了门是谦谦君子，出了门就都变成酒鬼了，君子个屁。

郭老师爆了粗口。

从谦谦君子到家有两条路，一条往西走，过了两个红绿灯后右转，到了回忆路右转，再过两个红绿灯就是了。一条往东走，过了三个红绿灯后左转，到了回忆路上，再过三个红绿灯就是了。谁回家会舍近求远呢，假定喝醉酒的人会。看了看手机屏幕，掐好出发的钟点儿，郭老师上路了。先骑行捷径，走了没多远，郭老师忽然想起，这不是自己在骑车，而是酒后的罗老师在骑车，她好像骑得有点快有点稳了。于是，郭老师模拟醉驾人的状态，让骑行的路线逶迤一些，速度缓一些。与郭老师一起顺行的人，纷纷避让，远远地减了车速，唯恐惹上个大麻烦。这个人莫不是有病的吧，怎就一个人骑车上街了呢。顺风顺水地骑完了捷径，郭老师赶紧看钟点儿，二十五分钟整。拿捏着姿态骑车是累人的，尽管时令已是初冬，郭老师的鼻尖儿上还是钻出来十几颗不惹眼的汗珠。

要不要继续？

这还用问么。此时的郭老师有的是气力，雄赳赳地跨上坐骑，按照原路返回到谦谦君子。以谦谦君子为起点，化身成醉酒的罗老师，再度出发——向东。一个红绿灯，两个红绿灯，三个红绿灯。该左转了，正好是个绿灯，刚要转弯时，她想起这一路的运气太好了，都正好赶上绿灯，不是每个人都有这样的概率的，郭老师就打算停一停，等下一个绿灯。她停得突然了点，紧随其后的一辆两轮电动车没有任何的思想准备，情非所愿地吻在郭老师的两轮脚动车的后屁股上。郭老师胯下坐骑因为自己的平凡而羞怯，一贯内敛自卑，突然发生的一吻，一点心理准备都没有，心情激动万分，便把持不住自己，混乱地朝着一个方向狂奔。慌乱中差点撞到一辆四轮轿车，情急之下前身努力一扭，轰然匍匐在马路上，压在郭老师略胖的身子上。

不会骑车跑马路上来干吗，撞坏了谁的责任！

两轮电动车从郭老师的身边经过，放缓了速度，驾车的女子戴着口罩，愤怒和惊恐的情绪从眼睛里发射出来，哒哒哒地打在郭老师身上。

对不起，是我的错，我的错。

真是一个讨厌的意外，郭老师可不想在这上面浪费时间，她从地上爬起来，边认错边扶起倒地的自行车。

口罩女子哼了一声，走远了。很多目睹现场的人，也从郭老师身边经过，走远了。没有人驻足观望，亦没有人发表评论，抢一个绿灯是头等大事。偶尔投过来一两个眼神儿也是有的。

自行车的把摔歪了，郭老师只得把前轱辘夹在腿中间，两只手扶住车把，拿眼睛做吊线儿，将车把扳正了。正好有一个绿灯亮起来，刚想骑上走人，脚蹬子转了好几圈，车轱辘纹丝儿不动。车链子掉了。郭老师从来没干过这个活儿，她是心理专家，不是修自行车专家。来不及了，郭老师推着自行车左转，再左转上了回忆路。

一个中年女人在马路上小跑儿。陪着她小跑儿的是一辆自行车。

放学的中学生谨慎地让出一条路来，让这个貌似发生了大事的中年女人先行，并报以同情的目光。跑啊跑啊，跑过了一个红绿灯。跑啊跑啊，又跑过了一个红绿灯。郭老师的意志是坚定的，然而，意志需要身体的配合，以心脏为主的身体零件集体罢工了，它们拒绝跑完第三个红绿灯。万般无奈的意志只好脱离了湿漉漉的躯壳，独自朝着最终的目标进军。

一个小时零两分钟。

够了，足够了。罗老师的速度不会再慢过自己。那么，即使他绕了远儿，也还有将近一个小时的时间。这段时间他去哪儿了呢。

今天晚上，她要让他给出一个合理的解释。

离婚干预办公室。墙壁上新挂上了一面锦旗，它拥挤在众多的锦旗里，努力往外探着身子，希望引起屋子里人的注意。但是屋子里太安静了，可以活动的物体，不可以活动的物体，一律静止着。泡菊花茶的杯子更加干燥。郭老师从离婚登记处出发，穿越午后的时光，从虚掩的门儿又进入到离婚干预办公室。屋子里的静破碎了。

郭老师，你上午刚走，人就送锦旗来了，就是那个微信离婚的小两口儿。我擅自给您挂上，没意见吧？

声音来自把自行车借给郭老师的那个同事。

最年轻的那面锦旗，赶紧打起百倍的精神来。不想，郭老师负了同事的好意，并没有看一眼人家劳动成果的意思。她那略胖的身子萎在椅子里，眼光迷离，全神贯注地陷在思考里。

不能露出是她刻意给吴老师打了电话，不能露出她亲自验证了时间，不能露出她的疑虑。要有一个精妙的切入，没有十足的把握，绝对要留有余地。这将是一场智慧的较量，一定不能输给他。怎样才算是精妙的切入呢？需要放松的面部表情做陪衬，然后漫不经心地下刀子。接下来的这句话就是一个引领者，带着罗老师朝着真相深入。

真相有多种可能，最不希望的就是自己设想的那一种。若果真和楼上的狐狸精有瓜葛该怎么办？

郭老师被自己的提问再次吓住了。大批量的热汗濡湿了内衣。

接下来她会怎么办？哭一哭闹一闹么，这套农村妇女的把戏，她是不屑于使用的。离婚？郭老师悲哀地发觉，这两个字是如此沉重，她有勇气把它们从嘴里吐出来吗？她不知道，一点都不知道。她是个四十八岁的女人，已丧失了小女孩不计后果的那种蛮横。几十年的日子，他和她已经长在了一起，真的把他从她生活中分离出去，她会连骨头带肉地疼痛。但不把这两个字吐出来，让它们坠在心上，也不是好受的。

这该如何是好呢？

所有的问题变成一条条丝线，在她身上一圈圈地缠绕，扼住她的手臂，扼住她的腿，扼住她的灵魂，扼住她的思维。她愈发地不能活动了。

外边一阵吵嚷。刚恢复的宁静复又破碎了。

别说心理专家，就是国务院总理来了，这个婚也得离！她不嫌寒碜，我还嫌呢！

说话间，一对中年男女被工作人员推搡进来，安置在椅子上，并倒了两杯白水。吵嚷的是男人，他愤懑至极，委屈至极，仿佛吵嚷是一剂良药，可以减弱他的痛苦。从外表看上去，男人比女人的年龄要长些，一头慵懒的短发，头顶部有几根竖立起来，配合着此时男人的情绪。

好吃的紧着你，好穿的紧着你，你个死没良心渣儿的，背着我和外边的汉子勾勾搭搭，我哪点对不起你，你倒是给我说说。你他妈的别以为我离不了你，天底下两条腿的蛤蟆不好找，两条腿的人一划拉一列车，爷我再找一个分分钟的事儿……

女人一声不响，木着手脚和表情，一副不怕开水烫的模样。

见女人不说话，中年男人愈发地气恼，伸出手来揪住女人的耳朵，用尽了拉拽拧的能事。

够了！郭老师从蚕茧里爬出来，一声断喝，你看看你还有男人的样子吗？我要是女人，早跟你离婚了，等不到现在。

那女人闻听此言，眼圈儿一红，将身子背转过去。

中年男人不干了，冲着郭老师一顿狂风暴雨。俗语说，"宁拆一座庙，不破一桩婚"。你说这话安的啥心呢，别以为农村人好欺负，城里人有啥了不起的。就说您吧，穿得体体面面的，工作也牛哄哄的，说不定一肚子男盗女娼呢！

他在说什么，说自己男盗女娼？活到这把岁数，她从来和这个词儿没有过任何关系，而今天，竟然被一个农民指着鼻子骂。她想站起来，狠狠地抽男人两个耳光，一股热血直冲脑门儿……

郭老师现在全部的生活内容就是等罗老师。

她坐在轮椅上，在客厅里守候着那扇门。门锁一转动，她的眼珠儿分外地灵动起来。罗老师进得门来，手里拎着一兜菜，急着往厨房跑。郭老师口中发出啊啊的声音，焦急地呼唤罗老师。

罗老师笑呵呵地停住，瞅我这记性，又忘了。

罗老师重新返回到门口，将门打开，然后把郭老师推到门口。看见罗老师的自行车乖乖地放在自家门口，郭老师放心了，啊啊地对着罗老师说了一通话。罗老师这才又关了门，推着郭老师到厨房。

今天新学了一道菜，叫手撕包菜，夫人，稍等片刻。

大头菜在罗老师的手中完成一个优美的旋转，逗得郭老师呵呵地笑。一笑，口水就哗哗地流在脖子下的围嘴儿上。

垃圾美人

　　老美女就像空降的一样，突然出现在老孟的清扫段上。老孟弯曲的视线就直了，铁丝儿似的不会转弯了。老美女虽然也穿着杏黄色环卫坎肩，头上也戴着杏黄色环卫帽子，但是有一股逼人的气质从衣服纤维的缝隙中发射出来，劲道地击中老孟。巨大的愉悦感，从击中点往骨头里钻，往灵魂里钻。岁月里阅人无数的老孟，在第一时间做出判断，眼前的女人不是北方女人，北方女人没有这么精细的皮肤。她这个精细不是美容院加工出来的，而是透着自然的亮泽，就像是一等的白面粉，没有添加增白剂。老孟大概觉得自己这个比喻很有才，就奖励了一下自己，掀了掀眉毛。这个动作很容易让人误解，因为他的视线盯在老美女身上，很是具有挑逗的气象。幸好老美女的注意力在她手上的扫帚上，根本就忽视了老孟的这个小动作。

　　瞧你那点出息，哈喇子都快流出来了。段长老管冒出来了。

47

老孟的一张老脸腾地红了，刚要反驳段长老管，为自己赢回些许的颜面，却发现老管根本没心思理会他，用手比画着告诉老美女，她负责的卫生段从这根电线杆到下一根电线杆。比画完了，还大声叮嘱老美女，要不是你央求我，我们根本不用外地人，你可得好好干，别给我脸上抹黑。老管使用高调声音，大概是想端一端段长的架子，结果是事与愿违。声音的分贝不低，却少了平时的嚣张与跋扈，很是有几两惺惺作态掺杂在里边。老美女对着老管微微一笑，又将目光固定在扫帚尖儿上。

　　老管被老美女的微笑电了一下，视线颤悠悠地尾随着老美女的视线而去，在扫帚尖儿上打了个旋儿。这一个旋儿，就看出一个问题，别人的扫帚枝儿上稠密地绑了花花绿绿的布条儿，而老美女的扫帚还保持着买来时的模样。布条子可不是为了好看，而是尽量地缩小枝条间的孔隙，一扫帚下去让大大小小的甚至细微的垃圾乖乖就范。看出问题的老管便吩咐老孟，闲了帮忙把扫帚绑一绑，人家是外地的，要让人家体会到背井离乡的温暖。

　　老孟在心里骂老管，放你妈的罗圈屁，明明心里揣着鬼胎，还把自己说得那么正能量，也不嫌闪了大舌头。在城里待久了，时髦的词积攒了一笤筐，老孟想摸哪个词出来，哪个词就像青蛙一样蹦出来。老管是段长，每个月也仅仅比老孟多挣一百块钱，县官不如现管，脾气不算小的老孟还是知道这个道理的。所以，老孟不过是在心里骂骂罢了。骂归骂，老孟还是心情愉悦地接受了这个任务。老孟清楚地记得，这是他头一次心情如此愉悦地接受老管的分派。老孟是个急性子，立马放下手里的扫帚，奔向了城中村的出租屋。

老孟中年丧妻，凭一己之力给两个儿子盖了房子娶了媳妇，以为可以苦尽甘来了，却深陷在和儿媳的各种矛盾中。老孟恼一恼来怒一怒，最后来了个华丽转身，进城打工自己养活自己。城里人嫌环卫工工资低，工种欠缺尊贵，维护城市清洁的，很多是像老孟这样农村上来的非年轻人。老孟的两间出租屋离卫生段五六百米，老孟忘了自己没有骑车，把两条腿当成了轱辘，我跑，我加速往家跑，去拿平时积攒的包装用的塑料绳子。

老孟，跑这快干啥？

他的另一个邻居小雪示意老孟站下来。

老孟刹住自己的两条腿，也拿出段长老管的高调子，这不是领导吩咐的么，你耳朵那么长，没听见？

五十岁的胖小雪，是段上奇货可居的"年轻"女人，因为姓薛，故落了个谐音小雪的爱称。小雪释放了一个悠长的鼻音，白眼仁在眼眶里上下翻转，你也被老狐狸精迷住了吧？忘了那个段儿该是谁的？

经小雪点拨，老孟豁然开朗，怪不得自己觉得哪里不对劲呢。老美女的卫生段，原来管的人生病了，老孟就把表弟送来的大葱，趁着夜黑人静给老管驮去一大捆，想让自己的表弟补上这个空缺。老管连大葱带人一块往外推，你别贿赂我，我还缺了几根大葱吃不成，你那事我给你往上报，批不批的我就当不了家

49

了。第二天，小雪就嘻嘻地朝着老孟笑，老孟，把大葱给我一捆呗，做饭还没有葱花呢。

老孟才不傻呢，听出小雪是羡慕嫉妒恨来了，想拿他当枪使唤。才不呢，他也是读了一肚子书的新农民，有的是智慧。可是，他一见到老美女，就把表弟的事给忘了，难道真的如小雪所说，让老狐狸精给迷住了吗？真是那样，迷就迷吧，反正老婆子也不会从坟里跳出来和他打架了。人啊，一辈子能让谁迷住一回，还真的不容易呢。

老孟嘴上说，真的是执行领导命令，我老伴儿你是没见过，年轻的时候那叫一个漂亮。在我眼里，谁也比不过我老伴儿，走喽。

老孟发动两条腿，呼呼地奔了出租屋。

一阵清风还没刮过去，老孟就赶回来了。身上缠绕着的红红绿绿的塑料包装绳，把老孟装饰得五彩缤纷，特别像他此刻的心情。心情五彩缤纷的老孟，还要装出一副孙子样，是奉了老管的命令不得已而为之的样子，也真够难为他的了。因为他根本就不是一个会装的人，大葱事件段儿上的人都传遍了，他会忍辱负重，不和老管吵嚷几个回合！碍于老孟的脾气和面子，人们都忍着笑没好意思揭露他，只说，这狗日的老管。

到了老美女段儿上，却不见了老美女。拿了眼睛来个三百六十度无死角的搜寻，见老美女在路边一片初秋的树荫下，正给轮椅上的一个人喂水。轮椅上的是个老男人，左嘴角下坠，目光呆滞且绝望。老男人不看老美女，也拒绝主动喝水，喂进去的水，顺着嘴角流出来，濡湿了脖子上的围嘴儿，老美女就再喂。老美女不但不烦，还对着老男人笑，和刚才给老管的笑完全不同，有疼爱，有鼓励。疼爱和鼓励下掩藏着深深的无可奈何，它只是在瞬间露了一下头，却被老孟的眼睛捉到了。老孟的心忽悠一下子，仿佛踩空了万丈高楼，有了强烈的坠落感。这种感觉，老婆子去世的时候发生过。轮椅上的老男人是谁？他在树荫下存在多久了？是和老美女一起来的吗？

心事重重的老孟，坐在马路牙子上，给老美女的扫帚拴花花绿绿的塑料绳子。他拴得很仔细，比拴他自己的都要仔细。扫帚苗儿一根一根地变得花枝招展，由纤瘦转而丰盈。这个过程，老美女用老孟的扫帚清扫自己的卫生段。扫卫生的老美女，怀里抱着大扫帚，显得扫帚很大，她很小。怎么看，它都不该属于她。她固执地掌控了它，让它乖乖地为马路清洁。老男人依旧在树荫下的轮椅上，把呆滞而又绝望的目光拉向远方的天空，有时候很快地调整目光的方向，在扫卫生的老美女身上轻轻搭一下，又很快地飘远了。

您的扫帚绑好了。

老孟拖着扫帚走向老美女。一只粗糙的胖手接过扫帚，哎哟，老孟你手艺真好，哪天也给我绑一个，我想当劳模，没有一把好扫帚咋行呢。小雪又转向老美女搭讪，大婶子，您是哪儿的

51

人啊，这么大岁数了还来扫街真挺可怜的，以后有需要帮忙的，您就跟我说。

瞅着比你年轻多了，好意思喊人大婶子？老孟从小雪手里夺过扫帚，递给老美女。老美女不吭气，和老孟交换了扫帚，送过来一个感谢的笑意，拖着绑好的扫帚走了。

好心当成驴肝肺了。小雪自讨了没趣，姗姗而去。两坨巨大的屁股，左边摆动一下，右边摆动一下。然后肉橛子般贴在车帮上，以打盹为幌子，悠悠地想着心事。眼睫毛被秋风撩拨得微微颤动，想脱离了眼眶，来一场说走就走的私奔。眼看着时间从下午五点溜达过去了，小雪依旧无动于衷。往日的这个钟点，她早就离开了卫生段，去文化广场摆一个扎气球的游戏摊。有老管罩着，小雪大摇大摆地退场，我就去摆摊了，咋地吧。张扬得有点让人恨。

看起来，从这个下午开始，由于老美女的突然介入，段上很多人都变得心事重重。太阳如一个坚定的垂暮老者，步子慢吞吞的，却是一直不停歇。老美女淡定地清扫，一个细碎的小纸片、一枚在指间燃尽的烟头，她都不放过。她不让自己停下来，左邻右舍及至来来往往的人，都不在她的视线里，只专注于街道上的垃圾。隔一会儿就过来看看轮椅上的男人，检查一下他有没有各种各样的需求。抬头看了看天，把男人的轮椅从初秋的树荫下推出来，晾晒在温和的夕阳下，然后滑向卫生段，抱着扫帚在马路上起舞。嗯，是起舞。起码在老孟的眼里是起舞，老孟此时才知道，原来下贱的扫街工作也可以这般优雅。一辆车驶过，从窗子里扔出来一只空了的矿泉水瓶子。瓶子落在老孟和老美女的中间段上，老孟刚要弯腰捡拾起来，大脑忽然发出指令，让五根准备抓取的手指缩了回来。他看见老美女的环卫车后边也挂着一只塑料袋，这样的塑料袋，几乎每台环卫车的屁股后边都有，里边装着可回收利用的瓶瓶罐罐。矿泉水瓶子贵的时候一毛钱一个，便宜的时候三个一毛钱。每一个扫街道的人背上都背着缺钱花的历史，一毛钱的力量虽然微弱，哪怕能发出一厘米的光也是好的，大家都需要它的照耀。老孟车屁股后边也有，此时，他竟然放弃了它。四下看了看，见小雪依旧眯着眼睛打盹，轮椅上的男人目光依旧在远方的天空上，老孟用手里的扫帚，把矿泉水瓶子往老美女的方向拨拉。后来，老美女终于发现了那只瓶子，弯腰捡拾起来，放到车屁股后边瘪瘪的塑料袋里。见有了收获，塑料袋抖擞起精神，在风中耍了几步时下流行的鬼步舞。看着塑料袋高兴的样子，老孟心里也有了一丝儿喜悦。

　　该下班了。老美女收拾家什的时候，老管骑着电动车又来了。骑着电动车转悠，就是老管每天的工作。有时候转悠转悠，就转悠出了管片，转悠到小雪的扎气球摊子上，帮小雪照看会儿生意。老管不避讳照顾小雪，他说他是学习雷锋同志呢，一个女同志过日子，还要供上大学的儿子，你们说说容易吗？不过，有人看见老管也会转悠到小雪家里。转悠到小雪家里的老管和小雪都做些什么，老管从来没有说过。那大概不是学习雷锋同志的内容，可以忽略不计。

老管又吩咐老孟替老美女推着车，说这两辆车，咋弄啊？老孟回了句，我的车谁替我推啊？老管说，咋又犯上了呢，不就是你表弟那点事么，给你想着呢，你要是不行贿早就安排了。老孟目眦尽裂了，他想说别扯淡，你是嫌我送的礼轻，惹急了我揭你老底。用眼的余光，老孟看见老美女正努力地推动环卫车，那三个轱辘的车把自己当成烈马了，摆出一副难以驯服的架势。老孟就使出吃大馒头的劲儿把火气按下去，眼珠子转悠一下，恶声恶气地拽给老管一句话，你是青天大老爷，我怕了你，行了吧。就上前去接老美女的车，老美女的手扶着车把不动，有了一个小小的拒绝。老孟的两只大手没有因了拒绝而撤退，僵持了两三秒钟的时间，老美女放弃了拒绝。撒了车把，转向轮椅上的男人，推了轮椅默默往前走。

马屁精！

是小雪在骂老孟。

咋没去扎气球啊？老管好奇地问小雪。

小雪已然结束了假寐状态，靠在三轮车上，一只手搬弄着另一只手的手指，我哪敢去啊，要是被您逮住不得挨罚么。

老管咕哝了一句，吃错药了。又嘱咐老孟，别半路一听蝲蝲蛄叫就给撂挑子喽。

小雪一听，嗷嗷叫着扑上来，谁是蝲蝲蛄？你给我说清了，谁是蝲蝲蛄！

胖女人不光嗷嗷叫，还揪了男人的衣服领子，往男人的脸上喷唾沫。揪着，喷着。喷着，揪着。胖女人忽然松了手，双手捧着脸呜呜地哭起来。

老管整了整衣服，骑上电动车走了，边走边大声说，人就不能好心眼，这不，帮出一个仇人来了。

每个晚上，老孟都到离出租屋最近的广场去遛弯。城里人吃饱了撑的没事干，一到晚上就去广场跳舞打球。跳舞打球渴了，还喝矿泉水和饮料，喝完了就随手扔。城里人的这个动作是老孟喜欢的，喝水的人前边扔瓶子，他在后边捡瓶子。天越热喝水的人越多，老孟的收获就越大。瓶子攒得差不多了，老孟就用自行车驮到垃圾站，换来几个零钱。再用零钱换来各式的小食品，送到二十里之外乡下老家的一所小学校，给大孙子一个惊喜。大孙子的惊喜是老孟生活里唯一的也是全部的亮色。今天晚上，老孟有些打不起精神来，矿泉水瓶子对他失去了诱惑力。他满脑子都是老美女，她从哪里来，她为什么一句话都不说，她是哑巴吗？她藏在眼里的那份无可奈何，生长出来一把小钢针，每一根都扎到老孟的心尖儿上。

老孟没有想到，黄土埋半截的人了，还会有为女人心痛的机会。这种痛不能说，不能想，越想越痛。老孟弓了腰身，想在广场里寻一处可坐的地方，突然，一片单薄的小身影闯进他的视线来，让他还未坐瓷实的两扇屁股凌乱了。老孟赶紧把自己隐在一个大型的运动器械后边，只将头上的视线露出来，观察着外边的情况。不戴杏黄色环卫帽的老美女，在灯光的映衬下，迷人的气象更厚重了。光溜溜的发髻绾在脑后，若有若无的银丝不但没有破坏整体美，反而给美增添了质感。但见老美女一只手拎了一只袋子，另一只手执了一根小木棍。眼神在人多的地方寻寻觅觅，被人脚踩过的广告纸，让她的腰一次又一次地深度弯下去。手里的小棍子伸向蘑菇状的垃圾桶里，反复扒拉反复翻检，偶然收获的矿泉水瓶子，会让她神情略显激动，左右张望了一圈，才将瓶子放进兜子里。好像她发了一笔意外之财。

老孟觉得那棍子根本就不是搅在垃圾里，而是在他的胃囊里搅动。他不能再停留在这里，他想做点什么，立刻就做。

一天的清扫是从凌晨四点开始的。

第一个镜头：用了将近两个小时，老美女将整个卫生段清扫了一遍。终于可以直一直僵硬的腰了，老美女看见邻居老孟在做一件事情，他从段上的绿色大垃圾桶里，掏出来两只矿泉水瓶子，还朝着她努嘴，示意她也检查一下她段上的垃圾桶，看看有没有货色。老美女昨天在段上看过几次垃圾桶，里面除了生活垃圾，连瓶子的影儿都没有。在老孟的示意下，她还是走向了绿色的大垃圾桶，这一看不要紧，看出来一堆的意外。里边居然有差不多二十来个空瓶子，老美女想从嘴巴里发出一个声音，来庆贺这个重大的发现。嘴巴刚刚张开，手就惊惶地奔过来，将声音消灭在喉管里。她怕她的声音惊扰了它们，然后，受到惊扰的它们会突然不翼而飞。将长长的一口气屏住，老美女开始用手虔诚地把瓶子们一个一个地请出来，请到她三轮车后边悬挂的塑料袋里做客。

第二个镜头：老孟从口袋里摸出来一根劣质卷烟，点燃叼在唇上，腮帮子瘪瘪的，深深地吸进一大口烟雾。然后慢悠悠地吐出来，躲在烟雾后边的眼神迷离地在老美女身上明明灭灭。

第三个镜头：小雪看看老孟，又拉长脖子瞅了瞅老美女，然后朝着自己段上的垃圾桶走去。一无所获之后，她一改往日的咋咋呼呼，安静地凝望着正渐渐被自然光削弱的路灯。眼底的疑惑与天色一样，逐渐地清晰和明朗。于是，她张开嘴巴，发出哼哼的冷笑声。

第四个镜头：吃过早饭，环卫工人们重新出现在马路上，棋子似的摆在各自的卫生段上。老美女额头上蒸腾着热汗水，将轮椅上的男人推到树荫下。从口袋里掏出一只播放器，打开来放在男人的腿间。单田芳的公鸭嗓立即在马路上弥散开来。轮椅上的男人延续着昨天的神态，将呆滞而又绝望的目光投向比远方还远的地方。不知道耳朵是否打开着。

第五个镜头：老管骑着电动车一路嚷嚷着过来，这个扫得不干净要扣钱，那个偷懒要挨罚。就要经过轮椅上的男人了，忽然调转车头，从车筐里取出一坨金黄的煎饼，扔在男人腿间的播放机上，谁叫我心肠软呢，老婆子给我摊的，我都没舍得吃，便宜你了。

轮椅上的男人费力地抬起能够活动的右手，将煎饼从腿间推移出来。煎饼一寸一寸地移动，一直到落地。老美女、老孟、小雪都看见了。只有老管没看见，骑着电动车嚷嚷着走远了。

又一天凌晨的清扫。已经不用老孟指引的老美女，兀自去了段上的垃圾桶。老孟一手拄着扫帚，一手又去摸口袋里的劣质烟，烟还没有摸出来，就见老美女两手空空地离开了垃圾桶。手就没有了摸烟的心思，故作轻松地打了个哈哈，对着老美女说，好运气也不是天天有。然后挥舞着手里的扫帚，横扫马路上的落叶。被扫帚旋起来的落叶，逆风飞舞，肩负着刚刚被赋予的神圣使命，在卫生段上察言观色，看看哪一个有颜色慌张的迹象。列为重点怀疑对象的小雪，一下一下地挥动扫帚，手臂上肌肉的张弛，扫帚的节奏，脚下的步子，没有丝毫凌乱的意思。一片落叶不甘心，贴近了小雪，给小雪的面部来了个特写，试图从小雪的眼底发现蛛丝马迹。果然，小雪的眼底游移着得意，幸灾乐祸。借助风力，充当间谍的落叶转回来，将信息带给老孟。老孟用阔大的鼻孔哼出一句话，就知道是她。然后，启动脑细胞，认真回忆凌晨清扫之前的细节，以便拿出扎实的证据来证明自己的推断。

自己是凌晨三点半到的卫生段，那时候的段上空无一人，老孟要的就是这个效果。尽管如此，把瓶子往老美女段上的垃圾桶里倒之前，他还是谨慎地左顾右盼了一会子。选择这个时间段放瓶子，老孟是煞费心思的。假如头天放进去，说不定就被捡垃圾的给翻走了。放得晚了，就会有被段上人发现的危险，那样的话，情况就会不妙的很。他倒是不怕老管，他怕老美女知道了真相，说不定以后就不会再接受他的瓶子了。自己是个没本事的人，不能为老美女做更多的事情，虽然几个瓶子解决不了啥问题，却是他很深的心意。从放瓶子到老美女出现在卫生段上，差不多半个小时的时间。半个小时的时间不长，也不是特别短，万一哪个起得早的人溜达过来，发现了桶里的瓶子，他岂不是白白忙活了。他以工作为掩护，看护着桶里的瓶子们。快到凌晨四点时，他是离开了一下的。肠子里的那泡便便每到这个钟点就来敲门，这是一扇不能随便开的门儿，得找个背人的地方。对，就是在他去公共厕所的空当，小雪来了，看他不在，拿走了垃圾桶里的瓶子。他清楚记得他从厕所里出来，只有小雪一个人在段上。

老孟注意到，小雪三轮车后边悬挂的袋子蔫蔫的，一副没睡醒的德行。这个死胖子，她咋会把赃物摆表面呢。老孟悄悄在心里咒骂小雪，哼，活该像大鼻涕似的让老管给甩喽，没有节操的女人。忽然，老孟想到一个严重的问题，小雪拿了瓶子，是否也就等于知道了自己的秘密？这是一个大嘴巴女人，她会不会既得了瓶子，还又把他的秘密广播出去呢？以小雪过去的性格，再大的秘密也兜不住，不立马放出来就会憋死。然而此时的胖女人，除了眼底的游移和幸灾乐祸，基本是淡定的。

巨大的心事是有生命的，它露出牙齿来，一口一口地咬老孟，搅扰得老孟无法安宁，恨不得把它捉住，一把火化成灰儿。可是他逮不住它，只能被动地任由它折磨。急脾气的老孟就翻脸了，他决定深入心事的隐秘路径，寻找问题的真相，然后打个歼灭战。

　　真相是需要诱饵的。天越来越凉，喝矿泉水的人越来越少了。昨晚老孟骑车转了好几个公园，才捡了十多个瓶子。其中有两个瓶子是在城东公园偷来的。你说这世道怪不怪，穷人捡瓶子，富人也捡瓶子，这不是把穷人往死路上逼么。老孟从城西一路寻寻觅觅到城东公园，眼看着到手的两个瓶子，被一个白毛老头给抢先拾走了。从白毛老头的衣着和气质上看，不像是个普通百姓，起码不是他这样的穷人。白毛老头选了绿地上一个浓茂的草球，将瓶子隐没在草球的体内，然后挺胸摇臂脚下踩了两股清风，嗖嗖嗖绕环形道而行。两只苍老的眼睛发出鹰隼的光芒，在游人稀薄的地上搜寻着。老孟明白了，白毛老头是锻炼来的，捡瓶子是他的副业，这叫搂草打兔子。趁着白毛老头走远了，老孟蹿到浓茂的草球跟前，从草球的肚子里掏出那两只瓶子，撒开了腿儿就逃了。

　　老孟猛然想起来，今天晚上城东公园好像要打一场篮球比赛，比赛的人肯定是要喝水的，喝水的多了瓶子不就多了么。如此，他的诱饵就不用发愁了。走起——连晚饭都顾不得吃的老孟，骑车就奔了城西公园。到了城西公园一看，果然有打篮球比赛的，赛场上激战正酣。从看球人腿的缝隙中，老孟发现了成箱子的矿泉水，这哪里是矿泉水，是比篮球还要大的一个惊喜，忽忽悠悠地朝着他的心脏砸过来。老孟使出挤人的三十六计，闪展腾挪地进了里圈，占据了最有利的位置。只要有空瓶子扔到地上，老孟会像猛虎一样第一个扑上去。一个瓶子从年轻的手上脱离，沿着曲折的线条，向着地面飞翔。老孟扑了上去，手指刚要触及瓶子，那瓶子却被另一只青筋突暴的手拾走了。

是白毛老头。白毛老头比老孟更加灵巧，脚下像踩着清风一会儿飘到这里，一会儿飘到那里。老孟那叫一个气，总不能把老白毛打一顿吧，就打歪主意，还想着偷老白毛一把。不想这白毛老头今天晚上放弃了锻炼，将瓶子装在袋子里，来来去去地不离手，不给老孟留一点下嘴的缝隙。眼看着熬到了比赛结束，颗粒无收的老孟绝望地蹬上了破车子，沿着大街一个垃圾桶一个垃圾桶地翻检。真是怪事，垃圾桶都商量好了一样，展现给老孟的，是清一色的失望。

我去——

老孟吐了一个从街上孩子们嘴巴里学来的新词儿，手指头掐着一张十块钱面值的纸币，大义凛然地进了街边一个小烟酒店。他觉得那一刻的自己和堵枪眼的黄继光同样伟大，都在为伟大的事业做出牺牲。老孟把买来的十瓶康师傅矿泉水，挨着个地拧开，将瓶子里的水倒在干净的盆子里。看着排好的十只空瓶子，默默地给自己算账，要几天不吃早点，才能省出这十块钱来。

老孟的出租屋和老美女的出租屋在同一个城中村，中间隔着五六百米的样子，两个人每天去卫生段不是同一个路径。心事儿在老肠子里发酵，左一个响屁右一个响屁地往外赶趟儿，仿佛外边有什么热闹可看。老孟被搅扰得睡不踏实，索性从吱吱叫唤的床上爬起来，拎着十只任务艰巨的瓶子，推了环卫三轮车出了院子。抬头看了看星星，从星光的密度和亮度上，老孟推断出来，比往日早出来得有小半个钟点。老孟正想着该如何打发这小半个钟点的时间，发觉两条腿已经替他当家做主了，朝着老美女的出租屋方向而去。

他想看看她的房子。有她的房子不光是有生命，还是有具体形象的。你看你看，它的鼻子眼睛嘴巴，长得和它的主人很是相像呢。不再是北方的粗劣，柔和细致了很多，连发出的鼾声都有了韵致感。念过中学的老孟，简直要赋诗一首了。痴痴呆呆地看着，门儿在星光下闪了闪身子，院子里就有了动静。

看清是老美女推车出来了，老孟的心怦怦直跳，脸儿在黑暗里狠狠地红了一下。马上就要撞见了，老孟赶紧将自己的身子隐在对面房子的暗影里。小小的疑惑很快找上门来，老美女咋出来这么早呢？又抬头看了看星星，的确是比往日早了。纯粹是个意外事件，看来今天的计划要泡汤了。

老美女已经能够熟练地驾驭三轮车，车子和路面彼此厌弃，发出不愉快的摩擦声。摩擦声向前透迤，软软的在一片昏暗里缠绕。缠绕忽然停止，老美女跌进胡同里了。借着从远处晃过来的一束车灯的光亮，老孟看见了，老美女千真万确跌进了胡同。老孟暗叫了一声不好，慌乱着脚步突奔过去。

三轮车静止在胡同口，在黑暗里占据一个立体的空间，羞涩地听着胡同里的动静。老孟突然轻了步子，一寸一寸地逼近胡同口。该有的呼叫声没有传出来，意味着什么呢？第一她的嗓子根本就是坏掉的，发不出声音来。第二她被坏人捂住了嘴巴，想发声发不出来。第三，她根本就不打算发声，那样的跌进是她和外力的合谋。还有第四第五第六……老孟有些鄙视自己，为自己没有奋不顾身地冲进胡同去，竟然还想出这么多的条条码码，真他妈的不是个男人。可是，他明显感到一只诡异的掌在逆向推着他，让他无法完成勇敢的奔跑。

近了，更近了。于是，老孟也听到了胡同里的动静。胡同里边是一个废弃的旧坑塘，动静就是从坑塘边上传出来的，经过不长的胡同，微弱却是清晰地传到了老孟听觉里。先是撕扯声，肢体与肢体的触碰，衣服与衣服的摩擦，夹杂着呼吸与呼吸的交锋。老孟向苍天祈求，让撕扯来得更猛烈些吧，如果那样，他可以义愤填膺地冲上去，来一个英雄救美。让老孟悲痛欲绝的是，撕扯有了妥协，渐渐转向纠缠，是皮肉与皮肉的纠缠。两个呼吸，一个孔武有力，一个嘘嘘娇喘。欢畅的呻吟好像不是卡在纠缠人的喉管里，而是死死地卡住了老孟的喉管，令老孟一大阵的窒息。

老孟开始逃离，他使出大半辈子的力气，来实现一个成功的逃离。

一口气逃到了卫生段上，老孟发现，小雪已经在段儿上了。她正走向老美女段儿上的垃圾桶，扒拉了几下没有收获，转身刚要走掉，却见老孟木头似的戳在她面前，手里拎着一兜瓶子。

而且，那兜瓶子朝着她递过来。

小雪迟疑了片刻，伸手接过了瓶子，随即爆发出哈哈的笑声，连眼泪都笑出来了。老美女来了，她举着瓶子给老美女看，说，看哪老孟送我的瓶子。来一个人，告诉一个人，看哪老孟送我的瓶子。说着笑着，脸上的肌肉笑得直抽筋，肉块儿突突乱颤。

人说，老孟真是活雷锋，老孟，也给我做点好事。

可是，老孟不见了。老孟哪去了？谁也没看见。

陪你一起贴春联

1

　　冯老师深深地热爱着每一个春节，因为在他深深热爱着的每一个春节里，他会以他的方式表达着对女人们的喜爱。春节，给他提供了一个集中表达爱的机会，他怎能不深深地热爱它呢？春节，是他一年当中最快乐的日子。春节，是冯老师最大的期盼。刚一进腊月，冯老师就开始忙碌起来，他要提前做好各项准备工作。为了方便进城买各种原料，冯老师新买了一辆自行车。城里的班车已经通到了村口，但是，冯老师绝对不会坐班车进城的。他骑着他的新自行车精神抖擞地穿过村里一条又一条的街道，两只脚充满了力量踏着脚踏板，两个轮子载着他快乐地向前行驶。冯老师充分地享受着这个细节给他带来的幸福感。每一个细小的环节都会给他带来陶醉感，他当然不能放过每一个细小的环节。他当然不能坐班车。既然是享受，是陶醉，冯老师就感觉不到疲倦，反而是周围的那些人在替他担心。村里的人也都看到了冯老师精神抖擞，可人们总是有一种担忧，担心冯老师早上精神抖擞地骑着自行车从家里出去，就再也不能精神抖擞地骑着自行车回来了。冯老师随时都有可能从自行车上跌下来。一个将近八十岁的老人随时从自行车上跌下来，是一件再也正常不过的事情。冯老师跌下来，人们当然不会难过，骑在自行车上的冯老师，不过是让他们陷在一种担忧的状态里。冯老师并没有让村里人的担忧变成现实，他总是在傍晚的时候，精神抖擞地骑着他的自行车回来。些许的疲倦淹没在精神抖擞里。唯一担心冯老师会真的回不来的人是他的老伴儿。在冯老师回家之前，她将自己的一颗苍老的头一次一次地探出门外，甚至后悔冯老师临出门时说的那句"死老头子，别死在半路上啊"。她不希望冯老师死在她的前边，没有了冯老师，她的生活将会慌乱，将会手足无措。她习惯了有冯老师的日子，习惯了拿着冯老师的工资卡步行到镇上的银行去取钱，习惯了冯老师对女人们的喜爱和守望。冯老师的习惯像血管一样遍布在这个女人的身上，早就无法抽取了。它们支撑着她的生命，哪怕这种支撑是疼痛的。

冯老师终于没有让老伴儿失望，总是全须全影地骑着自行车回来。他从城里买来上等的写春联的纸张、优质的墨水、优质的毛笔。进了家门，冯老师把采购来的各种材料小心翼翼地放在桌案上后，开始向老伴儿报账。冯老师一笔一笔地报上来，老伴儿一笔一笔地用脑子记下。冯老师报完了，老伴儿的账也拢完了。

一旦老伴儿发现账目有点不对，就让冯老师再报一遍，冯老师就听话地又报了一遍。还是不对。冯老师在老伴儿着急之前已经急躁起来，账目怎么会不对呢，难道他还贪污了不成？他冯老师从来都是明明白白做人的，绝对不会贪污隐藏一分一毫的。老伴儿当然了解冯老师，她只需朝着冯老师投去一瞥两瞥质疑的目光，冯老师就会脸红耳热地窘起来，他会认真回忆每一个购买的细节，认真地翻捡身上的每一个口袋。说不定哪一个购买的细节，说不定哪一个口袋就使得不明朗的账目明朗起来。随着账目的明朗，冯老师和老伴儿之间的交流和对峙也就结束了。然后冯老师马上投入到他的状态当中。那个状态是属于他和他心爱的女人们的，是他的老伴儿永远无法走进的。这时老伴儿脸上的皱纹更加紧密更加团结地缩在一起，她将一叠零散的钱币揣进棉裤腰里后，枯瘦的小身子融进院子里的空气里，去打理她的鸡鸭们。僵硬的空气被她搅动起来，有了一丝鲜活的气息。她大声地吆喝着光吃粮不下蛋的老母鸡，大声地斥责着到处排便的鸭。从冯老师那里承袭而来的被冷落的失落感，在对鸡鸭肆无忌惮的斥责中渐渐地平复。仅有的一只公鸡往往会无视她的斥责，在她的眼皮底下跳上母鸡的后背，强行交配。她就掂了棍子去打，公鸡灵巧地跳下这只母鸡的后背，迅速地跳上那一只母鸡的后背。这时候，公鸡肯定要挨骂了。

你以为你是皇上啊，娶个三宫六院的，你还真是臭不要脸呢！我，我今儿非把你打成母鸡不可，把你卖到城里的洗头房去当婊子！

很少进城的老女人居然知道城里的洗头房。或者她根本对洗头房就是一团模糊的，唯一清晰的是从村里老少爷们闲话里传承来的一个词语。

冯老师对女人的追求和热爱在村里是公开化的，人人皆知；冯老师老伴儿骂鸡的方式在村里也是公开化的，也是人人皆知。并且，冯老师老伴儿的一群母鸡中只养一只公鸡，联系上冯老师平时的表现，村里的人实在没有办法不把鸡和冯老师联系在一起。都说冯老师老伴儿明着是在骂鸡，暗着是在骂冯老师。冯老师不知道是真的听不出来，还是装着听不出来，反正他没有在老伴儿骂鸡的问题上和老伴儿起过冲突。他任由老伴儿养鸡，任由老伴儿骂鸡。那些鸡和老伴儿一样，都不在他的视野里。他的眼睛和他的心都是留给他的女人们的。

村里人还知道一个事实，冯老师老伴儿养的鸡也下蛋，但是下的却是普通的蛋，不是种蛋。按照常理推断，家里有公鸡的母鸡要下种蛋才对。有一年，村里来了一个买种蛋的小贩，非要买冯老师家的鸡蛋。冯老师老伴儿说，我家的蛋不是种蛋，不卖。小贩偏要买，冯老师的老伴儿就恼了，把蛋一只一只地摔在地上。小贩一边逃离摔蛋的妇人，一边嘀咕，这人，八成是有神经病吧。冯老师家的母鸡们也曾经做过当母亲的梦，可惜，梦总是不能变成现实。有时母鸡卧在几颗蛋上，那蛋还来不及享受一下母鸡的体温，就被冯老师的老伴儿从窝里拎出来，扔进水盆里，来一次畅快淋漓的洗浴。一只带着梦想的鸡被洗过几次后，两片无力的翅膀再也扇动不起任何的欲望了。偏偏就有一只漏网的母鸡。这只母鸡提前将几颗蛋下在邻居家的草窝里，选了一个好日子，自己趴在蛋上开始了梦之旅。直到梦之旅结束了，梦也没有变成现实，依旧是梦，而且是一个破碎的梦。梦中的小鸡没有来啄破蛋壳。它们依然是完好无损的蛋。有人亲历了冯老师家的母鸡孵化小鸡的过程。有一次冯老师家的邻居大尚媳妇发现了冯老师家的鸡，她没有打搅那只执意要做梦的鸡。在冯老师老伴儿的呼唤声中，大尚媳妇假装没有发现那只草窝里的母鸡，她幸灾乐祸地看着冯老师的老伴儿处于丢鸡的焦躁之中。另一方面，她要等待一个更大的笑话出炉。冯老师家的笑话实在是太多，不认真地享受它，真是对不起自己。那个笑话果真被大尚媳妇给验证了，她赶着把这个冒着热气的笑话出炉，让村里的人都来趁着新鲜享用它的美味。这个笑话被村里喜欢刷牙或者不喜欢刷牙的嘴巴们嚼来嚼去，在最短的时间内，都品尝了一下它的滋味。原来，冯老师家母鸡下的蛋都是水蛋，水蛋是孵不出小鸡来的。明明是有公鸡的，水蛋的存在就不合理了。除非有一种力量在干扰着公鸡，使公鸡无法完成正常的交配。这就有意思了，那股干扰的力量来自哪里呢？

当然是来自冯老师的老伴儿。

冯老师的老伴儿岂不是要寸步不离地守着公鸡吗？恐怕连睡觉也都要把公鸡抱在怀里的。公鸡当然是不干了，趁着冯老师的老伴儿睡着了，就狠狠地啄她。冯老师的老伴儿也真是不含糊，她用橡皮筋紧紧地扎住公鸡的嘴巴。公鸡被扎住了嘴巴，每天早上就不能打鸣了，所以，冯老师家的公鸡总是抑郁地死去。接着，会有新的公鸡再进来。

抓不住冯老师的心，管管公鸡也是不错的嘛。

以上这段笑话也说不定是大尚媳妇编造出来的。反正冯老师家是一个不断抖出笑料的家庭，再多一两个笑料也是无所谓的。村里貌似淳朴的人们是多么需要那些笑料来填补他们空洞的生活啊。

冯老师的老伴儿骂鸡该是真的。春节回家时我亲耳听见过，亲耳听见想来是不会错的吧。

2

冯老师谨慎地裁纸，谨慎地研墨。纸裁得一定要顺畅，墨研得一定要细致。为了达到理想的顺畅和细致，冯老师要用一面放大镜检查顺畅和细致的程度。这两样工作准备得差不多了，他就开始写春联了。写春联的词儿都是现成的。这些词儿是冯老师经过差不多一年时间的酝酿才完成的，这个过程是最漫长的，也是最重要的，它们是为腊月准备的。而腊月是为春节准备的。冯老师为每一副春联准备的词儿都不相同，每一副春联代表一个他喜爱的女人。女人不同，风格不同，他的准备当然不同。不看女人光看春联，你就会知道春联相对应的女人是谁。最长不过几十个字的春联里，蕴涵了女人的品质、女人的风情、女人的习性、女人的音容笑貌。那简直是一幅画。你读着它，就是在读着一个女人的全部。不同的女人春联的内容不同，同一个女人不同的春节，春联的内容也不相同。还是要和画联系在一起。画同一个女人，侧面画，正面画，无论选择哪一个角度，都能体现出这一个女人的风韵、气质。这是需要相当深厚的功力的。

　　冯老师写着写着就激动起来，心颤抖了，手颤抖了，笔也颤抖了，工作不得不暂时地停歇下来。冯老师索性让自己陷在纯净得不掺任何杂念的激动里。这一次的激动是来自兰花花。兰花花是冯老师喜爱的女人里最漂亮的。兰花花嫁到村里还没有几年，因而，她不是冯老师喜欢时间最长的女人，但她却是冯老师最喜欢，投入的喜欢最多的。自然，在给兰花花写春联时，他的心情在持续着的激动上，驴儿般打个滚儿，把激动送上一个小小的高潮。哎，真是没办法，谁让他的女人是如此动人呢。可人的兰花花哟。从兰花花的激动里拔出来，再滑向桃花花、杏花花、梅花花的激动里。冯老师在如水的激动里荡漾着，弃了桨儿，随波逐流，漂到哪里都是幸福。冯老师的老伴儿已经枕着冯老师的激动进了梦乡。凭他激动去吧，她在他的激动里习惯性地麻木着。好在冯老师是真的老朽了，只剩下了单纯的激动，再也不能像前些年一样，需要她来帮忙，帮忙排泄掉身体里的激动。那是冯老师和冯老师的老伴儿都痛苦的事情。衰老，使他们的激动和麻木都纯净了许多。冯老师的老伴儿会在相对纯净了的麻木中，度过只属于她自己的每一个夜晚，只属于她自己的每一个白天。在这种纯净的度过中，等待着春节的来临，等待着冯老师想起她。春节来临之际，她便提着一桶糨糊跟在冯老师的身后，去给冯老师的女人们贴春联。究竟贴了多少年，冯老师的老伴儿实在是记不清了。这项工作，她从年轻时就开始做了。

刚开始时，冯老师是不屑让自己的女人去帮他的忙的。如此神圣的一件事，别人一旦参与进来，就会破坏了它的完美程度。大概是上天执意要破坏冯老师的完美，冯老师的糨糊刷在什么花花的门楣上，等到拿出写给什么花花的春联贴上去时，在一刷一拿这个间隙，冷空气尖啸着扑奔过来，贪婪地吞食着糨糊上可怜的一点温度，转瞬，柔软的糨糊便是坚硬的了。坚硬的本质是拒绝。糨糊只好一遍一遍地刷，拒绝只好一次一次地重复。无奈，冯老师只好回家向老伴儿发出求助的信号。

非常年轻的冯老师的求助是与众不同的，它看上去不太像求助。

跟我去贴春联吧。

冯老师将他的一张脸从棉门帘探了进来，拎着糨糊桶抱着一卷春联的两只手臂和身子留在门帘的外边。

和冯老师同样年轻着的老伴儿正在炕上纳着冯老师的鞋底子，听着冯老师的话，有些意外，也有些受宠若惊。她在分析他的话。他是在求她帮忙吗？那时的她，对他还抱有希望。他需要她的帮忙，也可以说是他发现了她的存在，注意到了她。

冯老师的老伴儿马上放下手里的针线活儿,把快要冻成冰坨的糨糊重新在大铁锅里热过后,跟着冯老师去街上贴春联。

那是冯老师给他的女人们贴春联的第一个春节,它就那样开始了。在这之前的春节,冯老师也写春联,写给村里的人。村里的人提前买好纸拿给冯老师,冯老师大笔一挥,一副喜气的春联很快就成型了。拿了春联的村民回家让女人熬了糨糊,贴在自家的门楣上。也有的村民干脆连纸也不买,直接跑到冯老师那里讨要一副。无论是怎样的一种方式,冯老师都不会拒绝的,拿了春联的人也不用感谢。冯老师是一个助人为乐的人,他的乐趣由帮助别人而生,从来不讲回报。在大尚还没出生时,大尚家的春联都是冯老师写。有一年的春节,全村的人都来冯老师家拿过春联了,唯有大尚家没有动静。冯老师想来想去,翻遍了大脑的角角落落,就是找不到大尚家究竟为何不来拿春联的理由。冯老师决定去问个明白,否则他这个春节是过不好的。便拿了一副写好的春联去敲大尚家的门,敲了半天也没有应声,后来才知道是大尚家有人病了,去了公社的医院。冯老师的心这才放下来。冯老师是解放后村里的第一任老师,他当了老师,不但威风不起来,反而觉着欠了乡里乡亲的。村里读过私塾的人不止他一个人,可偏偏是他做了教书匠,他便用讨好来弥补着他的歉意。慢慢地,人们就适应了他的讨好,心安理得地享受着他的讨好。直到发生了一件让冯老师痛彻心扉的事。从此,冯老师给他的女人写春联,并且亲自贴上，从那一刻起，冯老师给其他村民写春联的日子结束了。他对村民的讨好也结束了。他像恨他的堂弟一样恨着那些村民，他怎么还会给他们写春联呢。他们和他的堂弟一起策划了那场阴谋。如果不是为了生计，他也不会去教那些村民的孩子们。

有了老伴儿的帮忙，冯老师的春联贴得顺利了许多。村里的人对冯老师以这样的方式来表达对女人的喜爱，还处在生疏的阶段。这还需要一个熟悉的过程。尤其是老伴儿的参与。于是，冯老师再一次被村里的人用眼睛揉搓，用牙齿咀嚼。上一次的味道还留在人们的齿间，没有完全地散尽，新鲜的味道马上就补充进来。

冯老师义无反顾地不在乎这些了，他要明目张胆地喜欢，想喜欢谁就喜欢谁。所以，冯老师的步子迈得轻松极了，潇洒极了。

女人们来读冯老师和他老伴儿贴的春联了。已婚的未婚的女人们，和村民一样，把春联当成笑话来读。她们嘻嘻哈哈地笑在一起，抱在一起。那时候的女人们，是冯老师喜欢的初级阶段，她们大多不识几个大字。冯老师写给她们的春联，要在别人的帮助下，她们才能弄懂春联要表达的意思。她们表面上无视乃至蔑视冯老师的行为，其实，在她们的内心，是很有些骄傲和满足感。有人喜欢，总是比没有人喜欢好吧。

那时符合冯老师喜欢标准的女人还不太多，所以，冯老师和他老伴儿在很短的时间内就把春联贴完了。在返回家的路上，冤家路窄，碰上了堂弟。

堂弟已经再婚了。那个女人跟在堂弟的身后，踩着堂弟的脚印走。女人的个头比堂弟矮出一截来，可能她太想稳稳地踩住前边男人的脚印儿，迈出的步子显得很是夸张。堂弟没有照顾身后女人的意思，依旧自顾自地走着。

四个人擦身而过。他们珍惜着自己的目光，谁也不愿意把自己的目光分割出一片，在对方的身上停留片刻。

冯老师和他的老伴儿的余光不争气地开了小差。他俩同时注意到，堂弟身后的女人一点也不出色，她近乎一个平庸的女人。

都是因为堂弟的第一个女人太出色了，无论堂弟再娶什么样的女人，都会淹没在第一个女人的出色里。

堂弟的第一个女人哪。

3

堂弟的第一个女人哪。那个叫花花的女人哪。

她曾经是冯老师的未过门的媳妇，曾经是冯老师吹吹打打娶进家门的新娘，不知怎么一入洞房花花就成了堂弟的新娘，而堂弟的新娘就成了冯老师的新娘呢？

原来这是一场策划得天衣无缝的阴谋啊！

那时堂弟每天扛着他的磨剪刀的四条腿板凳走村串巷，可自从和张村的一个姑娘定了亲，堂弟就羞于去那个村磨剪刀了。张村女人们的剪刀钝了，裁不动布料了，盼着堂弟的吆喝声，盼得眼睛生疼。那一声嘹亮的"磨剪子来——锵菜刀"一去再也不回头。和张村邻村的是李村。一条板凳在堂弟的肩上颤着，堂弟的两只手不去扶板凳，而是随着板凳的颤抖有节奏地甩着。他一点也不用担心板凳会倾斜，会从肩上滑下。有了灵性的绵软颤动的板凳就像是从挑起它的男人身上长出来的，就像是男人身上的一条肋骨。到了村口，堂弟放下板凳，扯过脖子上的毛巾擦一把汗，然后，朝着村子放出一句"磨剪子来——锵菜刀！"只一句就够了。

女人们拿着剪刀菜刀来了。一条板凳，一头放着磨刀石，一头坐着堂弟。堂弟的手忙着，嘴巴也忙着，大婶子大妈大嫂子大姐姐小妹妹地和女人们打着招呼。堂弟的嘴巴巧，女人们都爱听他说话，有的女人剪子不磨切菜的刀不磨，就为来听堂弟说话。李村的女人也和其他村的女人们没有什么两样，喜欢凑热闹，哪里有热闹往哪里扎。村里的大姑娘花花却不喜欢热闹。不久前，花花有了主儿，有了主儿的花花便多了心事，私下里背着家人悄悄地给自己做嫁衣。无奈，家里的剪刀该磨了，花花的手被钝剪刀打了两个泡。花花听见了村口磨剪刀人的吆喝声，就躲在栅栏后边朝着村口张望，一直望到女人们差不多都散去了，才拿着剪刀出来。

磨剪子的，给我磨磨剪子。

花花说着递上了剪刀。忙了大半天的堂弟正准备收拾摊子，日头西下了，还有十几里的路要走。堂弟想说，您明儿再来吧，今儿太晚了。

突然间，堂弟失去了话语的能力。他愣住了。

堂弟浑身的血液被一股强大的力量推搡着，呼呼地朝前奔涌。他必须要做点什么，否则他会被奔涌的浪头击倒，可是，他不知道自己该做什么，想不起来自己该做什么。

磨剪子的，我磨剪子。花花又说了一遍。

堂弟在被浪头拍倒吞没之前，抓住了花花的话。它是一根救命的稻草。

堂弟开始给花花磨剪子。可能是堂弟太想把花花的剪子磨好，却偏偏不遂人愿，剪刀的刃儿几次锛了堂弟的手。血渗在磨刀石上。

你的手流血了。花花在一旁惊叫。

堂弟嘿嘿地笑笑，更加专心地磨着剪刀。夕阳打量着磨刀石上的一抹红晕，它在努力地想，那是不是自己遗留下来的羞涩。

堂弟终于磨完了剪刀。他将剪刀的刃儿在自己的拇指肚上试了试，确认十足的锋利后，把剪刀交给花花。

花花向堂弟摊开另一只手。掌心是一些钱币。

我不要你的钱。

花花的小手倔强地不离去。

我真的不要你的钱，我要你别的东西。

花花疑惑了。眼前这个眉目清朗的磨刀人好奇怪，给人磨刀不要钱，那要啥呢？

我要你的人。我要你的人。我要你的人。

堂弟连着说了三遍"我要你的人"，然后扔下惊愕中的花花，抱着板凳跑了。

他要给花花一点时间，也给自己一点时间。一切来得太突然，他和她，都需要时间慢慢地消化。

第二天，堂弟又来李村磨剪刀，到了村口，放下板凳，朝着小村唱起了情歌。

情人啊，你是来把我瞧瞧

还是来把我烧烤？

莫不是要让我熄灭的情火

又在我心里熊熊地燃烧？

你那黑羔皮做的帽子，

我戴行不行？

你那玫瑰似的嘴唇

我吻行不行？

……

粗犷而又高亢的歌唱得小村人的心痒痒的，酸酸的，唱得花花的心里乱乱的。这个处在华北平原深处的小村庄，从未经历过如此的歌者和歌声。小村的某种欲望层层地绽放了。

堂弟不停地唱。不再磨剪子锵菜刀。

有女人去拉堂弟的衣袖，磨刀的小子，你是唱给我的吧，可惜我有男人了，儿子都要娶媳妇了，等来世再嫁给你吧。女人的男人丢过来一截木棒，胖嘟嘟的女人做了一个鬼脸，颤着一身肥肉走了。

堂弟的情歌每天都会在李村的村口唱起来。只有花花明白堂弟的情歌唱给谁，听着堂弟的歌，花花无心做嫁衣，花花无心吃饭，花花无心睡觉。花花在歌声中消瘦，花花在歌声中甜蜜。

忽然有一天，堂弟的歌声在村口消失了。听村里人传说，唱歌的磨刀小子要娶亲了，正在家里操办喜事呢。花花这才想起来，自己的婚期也就在眼前了。

花花靠在门框上哭了，好你个狠心的磨刀小子，去哪里磨刀不成，偏偏来李村磨刀。去哪里唱歌不行，偏偏来李村唱歌。

4

冯老师怎么能原谅堂弟呢？

堂弟唱给花花的情歌是他教给堂弟的。它从叶尔羌河飘来，从塔克拉玛干大沙漠飘来，伴着叮当的驼铃声。赶骆驼的父亲脸儿红红地望着他从新疆木卡姆带回来的新娘，唱着木卡姆的情歌，表达对骑在驼背上的美丽新娘的怜爱。

父亲千辛万苦带回来的情歌，被堂弟献给了花花。这只是堂弟阴谋的第一步。

冯老师想，千不该万不该，不该和堂弟在同一天成亲。不该兴高采烈地跳进堂弟给他编织的圈套里。

那天两头迎亲的小毛驴同时出发，在岔路口分开，同时到达张村和李村。蒙着红盖头的新娘同时上了毛驴，两支娶亲的队伍又在岔路口汇合。一样的毛驴，一样的新娘，一样的喜气。不一样的心思。

入了洞房，新娘子的盖头掀起来，冯老师才知道新娘子错了，见过一面的如花一样娇美的花花变成了另外一个陌生的女人。冯老师慌忙牵着女人的衣袖往堂弟家跑，他要去换回他的花花。叔叔和婶子来开门，说你讲啥笑话，媳妇咋会错呢！就砰地关了门。

花花的惊愕不比冯老师少，她蒙了，自己的男人咋是那个磨刀的小子？花花惊愕之后是愤怒，好你个该杀的磨刀小子！

堂弟说，都是我安排的，你要是不乐意，我把你给堂哥送去；你要乐意，咱们将错就错，生米下了锅谁也没办法。

花花说，我恨你，你个该死的磨刀小子，你偷了我的心，还要辱没我的名。

花花来打堂弟，一双小手有的是力气，堂弟的嘴角渗出了血。和磨刀石上的血一样红，一样艳。花花的眼被晃疼了，花花

80

的心也被晃疼了。你个该死的磨刀小子，咋就不躲呢？花花的泪流下来，细软的身子面条似的软在堂弟的怀里。

冯老师在堂弟家门口守了将近一夜，陌生的女人就陪了冯老师将近一夜。天快亮的时候，冯老师扑踏扑踏地往家走，他想明白了一个事实。他的花花再也换不回来了。

他想不明白的是，他的花花怎么就回不来了呢？

陌生的女人跟在冯老师的身后。她在心里做着比较，越是比较，她脚下的步子越是迈得坚定。

红烛已经燃尽。冯老师对着坐在炕沿儿的女人的黑影儿说，你，让我拿你咋办？

黑影儿说，让我做你的女人吧。

冯老师说，我的女人是花花。

黑影儿说，我就是花花。

花花朝冯老师飘过来，飘过来，细丝一样把冯老师缠绕起来。冯老师的呼吸被滑嫩的质感挟裹着淡淡的花香缠绕得越来越紧，越来越急。花香引诱着冯老师快速地奔跑。他要追上花花，哪怕用一万年的时间来追赶。花花，等我啊。等我啊，花花。急促奔走的声音在天地间涌动。一道屏障拦住了涌动的流。涌动的流积聚，再积聚。猛然，屏障被强大的流冲倒，以一泻千里的姿态疯狂地倾泻。淹没了花香，淹没了冯老师自己。

冯老师绝望了。他的花花永远也回不来了。身边的女人不是花花。不是。

你这个女人好阴险，你居然诱惑我！

从现在起，我就是你的女人了，我会跟你一辈子，做你一辈子的女人。

你不怕我心里装着的不是你吗？

不怕。

你不怕我不喜欢你吗？

不怕。

那你怕什么？你这个阴险的女人！冯老师摇着女人的臂膀。

我怕做不成你的女人。

花花下葬的那天，老天难得也跟着伤了一回心，雨水淅淅沥沥地怎么扯也扯不断。它仿佛在诉说着花花的哀怨。

花花是用堂弟给她磨过的那把剪刀自残的。出嫁的时候，她把它从娘家带了过来。在她眼里，那不是一把剪刀，是对一个人的念想。没想到，她真的嫁给了那个给她留下念想的人。可是，给她念想的那个人并没有给她带来她需要的那种生活。或者说幸福。女人的幸福与富贵和贫穷无关。

为了娶到花花，堂弟买通了迎亲的人。钱是堂弟四处借来的。按理说，村里的人没有理由帮着堂弟，灭冯老师。即使有人被收买了，也不至于全部迎亲的人都没了做人的准则。还是因了冯老师的性格所致。冯老师的谦和，冯老师的讨好，都不足以对村里的人造成伤害。堂弟不同。谁家的剪刀都让堂弟磨过，堂弟一个子儿都没拿过村里人的，但这并不说明堂弟就是冯老师那样的人。堂弟很会处世，他要给自己在村里留足空间，空间大，才能完成高难度的跳跃。他想偷梁换柱地娶到花花，这个高难度的跳跃，他一个人完不成，需要村人里的协助才行。村里人面对堂弟的要求，很是犹豫了一番。答应了堂弟，会伤了冯老师；拒绝了堂弟，会有什么后果呢？他是绵里藏刀的人，绵软里包裹的是心狠手辣。村里一个姓陈的人得罪了堂弟，堂弟不声不响，在某一天的早晨，微笑着和从他身边走过的陈姓人打招呼。毫无防范的陈姓人倒在堂弟的棍下时，堂弟脸上的微笑之花却开得正灿烂。结果是，几个负责迎亲的村里人一致地接受了堂弟的要求。他们谁也不想在堂弟的微笑里倒下去。

欠债总是要还钱的。债主不敢正面跟堂弟讨要，他把堂弟请到家里来，酒是酒菜是菜地伺候着堂弟。堂弟是何等聪明，心说，少跟大爷玩撅屁股拉屎的游戏，屎还在肠子里，大爷就知道是啥颜色了。酒未饮，菜未动，债主家里的一群孩子早围了过来，眼珠子瞪成了牛卵，掉出来肯定能把盘子砸碎了。债主一鞋底子飞过去，馋死你王八蛋操的们，赶明儿西北风都不给你们喝！

堂弟的心里就不痛快，这话明摆着是说给他听的，可是，你有脾气吗，谁让你欠了人家的钱。何曾这样窝火过？都是因为娶花花惹来的。酒越喝，堂弟越觉得自己委屈，是花花让他受了委屈。

喝红了眼的堂弟对债主说，哥哥，你是我亲哥哥，是不是？你要是我亲哥哥，我就跟你说几句实话。我知道你日子难，可眼下我真的没钱给你。我家里除了一个女人，啥都没有，要不，你把我的女人拿走。

不喝酒的人不会和喝酒的人计较，喝酒的人会和喝酒的人计较的。

你说话算数？

算数。

我不拿你的女人，用一晚上，咱，咱们的账就抵消了。

行。

债主真的去了堂弟的家。当花花吐出最后一口气时，堂弟趴在债主家的桌上睡得正香。

冯老师在雨中唱响木卡姆的情歌，给花花送行。

情人啊，你是来把我瞧瞧

还是来把我烧烤？

莫不是要让我熄灭的情火

又在我心里熊熊地燃烧？

你那黑羔皮做的帽子，

我戴行不行？

你那玫瑰似的嘴唇

我吻行不行？

……

泣血的歌染红了雨丝。花花棺木上的土被红雨冲刷掉，人们只得再重新填土，新添的土又被冲刷掉。土不够用了，全村的人都发动起来，一车一车的土从四面八方，源源不断地运来。新的坟包终于拢起来了。它是红色的。

人散尽了。冯老师扑倒在花花的坟上，昏了过去。

昏迷中，冯老师听见花花在对他笑。他看不见花花的影子，忙着左右去找。花花笑得更响了。

呵呵，你是看不见我的，我已经变成了另外一种形状。你要是想我了，就去看看张家媳妇的耳朵，王家大姑娘的嘴巴……我把自己分割了，你把它们集中在一起，就是一个整体的我呢。

冯老师睁开眼睛，刚才是一个梦吗？

他更愿意相信它不是一个梦。它给了他希望，给了他无穷的力量。

他的花花没有死。他的花花幻化成了无数个女人。这无数个女人等着他去喜爱，去呵护。

5

冯老师还没有从兰花花的激动里拔出来，激动还没来得及向桃花花、杏花花们滑行，兰花花就出事了。她和马奔搞在了一起。

　　冯老师喜爱的女人们一茬茬地衰老下去，又一茬茬地成长起来。冯老师喜爱着女人们，反过来，源于对女人的喜爱又滋润着冯老师。他的生命被滋润得旺盛且蓬勃。冯老师退休后，除了睡觉吃饭外，他的精力百分之一百地献给了他的女人们。他的无私奉献是有原则的。不惊扰他的女人，不打扰他的女人，远远地观察，远远地打量。他幸福着女人的幸福，快乐着女人的快乐。他蛰伏在女人生活的每一个细节里，戴上他的放大镜，试图摘去让女人不幸福不快乐的微小粒子。很多的时候，冯老师的摘除都是不成功的，他没有能力去摘除。他沉在不能摘除的痛苦里，脸上的泪水比任何时候流得都要长。

　　去年有一段时间我和先生闹矛盾，恰恰那个时候，我的工作调动了，从村里的小学调到了城里的一所小学。我离开了小村，离开了冯老师的视线。我走后的每天，冯老师都要到村口去张望几次，我终归没有出现在他的每一次张望里。他便犹豫着，却也是主动地接近我的婆婆，问一些我的情况，问我什么时候能回来。我的婆婆回答他的只有简单的三个字：不知道。

　　婆婆的"不知道"三个字上边爬满了蚂蚁，咬得冯老师坐卧不宁。我不知道他是怎样千方百计地打听到我的地址的，总之，在某个周六的下午，我听到有人敲门，开门一看，竟是冯老师。冯老师一头的汗水，一手扶着墙，呼呼地喘粗气。

　　我慌忙去搀扶他。他却没有要进来的意思，等气息平稳了一些，能说话了，他快乐地对我说，你胖了呢，气色也好多了呢，这，这我就放心了。

说着，他从胸前挎的蓝兜子里往外掏东西。两个苹果，两个香蕉，两个猕猴桃，两个黄冠梨，两个橘子，两个火红火红的火龙果。

他把这些东西放在门口，说，走了，我走了。

我望着门口那堆两两成对的水果，来不及有所反应，冯老师已经在往楼下走了。他的两只手牢牢地抓着栏杆，一个台阶一个台阶地往下挪。他边走边嘴巴里嘀咕着，你这儿真不好找，房子全都一样，还这么高。我这才想起来，该把冯老师送下楼。

连搀带拽地把冯老师送下楼，我累出了一身热汗。

看着冯老师蹒跚地上了自行车，蹒跚地远去。我忽然有点冲动，对着冯老师的后影儿喊："冯老师，今年春节我回家，还贴您写的春联！"

往楼上走时，我一直在想一个问题，我究竟是冯老师的什么花花呢？

我知道，有些问题是永远都不能问的。

这个腊月，冯老师春联写得有点三心二意。他要拿出充足的时间来观察兰花花的一举一动。

兰花花是村里的头号大美人。去年开春嫁给了村里的小锁头。村里人见到兰花花时，不禁发出长长的一声叹息，啥叫鲜花插在牛粪上？看看兰花花，再瞅瞅小锁头就明白了。

村里人的叹息是有些夸张的。小锁头是不帅不漂亮，但是还没有丑到和牛粪攀亲的份上。不过是和兰花花站在一起，兰花花的美丽使得平庸猥琐的小锁头更加的平庸和猥琐。兰花花嫁给小锁头，村里的男人们严重地心理不平衡。

小锁头是堂弟的小儿子。他从容貌上继承了父母的缺点不算，堂弟的聪明伶俐甚至奸滑到小锁头这里也失传了。到了该成家的年龄，小锁头的另一半迟迟没有着落。女方家条件好的看不上小锁头，太次的堂弟这关就过不了。用他的话说，他的儿子岂能是个母的就能打发了的？一来二去，小锁头的婚事就耽搁下来。眼看小锁头是过了三十岁的人了。小锁头熬不住一夜一夜的寂寞，把床摇得吱吱叫，引来了一群老猫。

堂弟自从花花死后，再也不走村串巷地磨剪刀了，彻底和这行决裂了。堂弟的脑子活，刚一改革开放，率先在村里开了第一家专营柴米油盐的店铺。大尚媳妇看上了堂弟家富足的小日子，把自己的表妹介绍给了小锁头。女方的长相很是端正，小锁头满意，堂弟也满意。堂弟本指望着小锁头的婚事可以定下来，这时大尚媳妇来家里说，有一码事得摊开了说，瞒也瞒不住，捂也捂不住。堂弟一家子把耳朵拉长了，细听端详。却原来，女方是个死了男人的主儿，不是一个人要嫁过来，还要捎上两个七八岁的双胞胎的儿子。堂弟一听就恼了，责问大尚媳妇为什么不早说。大尚媳妇还以为堂弟是占了便宜美着呢，她说，娶一个媳妇搭两个大孙子，老爷子您偷着乐去吧。堂弟的嘴都气歪了。

堂弟一点商量余地没有地回了大尚媳妇。这一回，小锁头不干了，身上唰唰地长出一层硬刺儿，爸，是我娶媳妇，还是你娶媳妇？快七十的堂弟一个大巴掌抡过去，小锁头身上的刺儿就无可奈何地萎缩了。他像秋天的衰草一样褪尽了生命的朝气。

堂弟暗中下了大力气，四处托人给小锁头网罗媳妇。不怕穷，不怕远，只要是个大姑娘。够漂亮。他愿意出大价钱。

甘肃姑娘兰花花就这样浮出了水面。把她漂起来的，是一张张嘎嘎响的人民币。

娶了兰花花的小锁头，竟有了十分的精神，从门里出来，很响地把一口一口的黄痰吐在人多的地方。男人们把醋意和恨意含在眼睛里，小锁头，你他妈的悠着点，别累个腰肌劳损啥的。小锁头嘿嘿地笑笑，噗的一声，一口得意的痰差点砸到人的脚后跟上。

去年的春节，兰花花家的门楣上也贴上了冯老师的春联。冯老师的老伴儿提着糨糊桶，一支排刷挂上糨糊均匀地涂抹在门框上，冯老师利索地贴上春联。老夫老妻的利落和他们的年龄有点不协调。他们的动作好像应该迟缓一些，才正常。冯老师的手掌在刚贴好的春联上慢慢地游走，细小的褶皱，细小的不平坦，在手掌温情的游走中，舒坦地伸直了腰身。

兰花花问小锁头，那俩人是谁？

小锁头答，两个精神不正常的人，别理他们。

冯老师的这一贴在村里引起了一个小骚动。人们在潜意识里有一种期待，期待生活里发生点什么，好刺激一下正在麻木的神经。冯老师是多么体恤村里人，在人们最需要时，送来几许清风。这几许清风，像抹在太阳穴上的清凉油一样，人的精神立刻就提了起来。

冯老师把春联贴在了侄媳妇的门上，还不够提神的吗？

堂弟一家人的沉默使得看客们高涨的情绪渐渐地低落了下去。有那么几个人，此情绪低落下去，彼情绪在迅猛地蹿升。看起来，堂弟真是老了，没有了过去的锐气。小锁头那个窝囊废不足为患。

6

小村的头枕着京沈高速公路，村里人进进出出都要通过高速路的涵洞。村里人一直有个说法，说是这个高速路的涵洞不吉祥，坏了村里的风水。原来很安静很本分的一个村子，如今呢——哎，它变成什么样子了呢？姐妹三个争一个男人，父亲睡了别人的老婆，让别人老婆的男人睡自己的亲女儿。如此伤风败俗的事情是以前从来没有过的事情，琢磨来琢磨去，人们只能把罪责归于那个像嘴巴一样的涵洞了。涵洞承担了罪名，村里的男男女女更热衷于搞男女关系了。不安分的人轰轰烈烈地加入到这项运动中来。他们不会像冯老师那样，只是贴贴春联，而且一贴就是几十年。他们不会。哪个男人看上了哪个女人，不真刀实枪地比试比试，不领教一下对方的功力如何，才是亏了自己呢。其中，做得最好的当数电工马奔。

马奔腰上挎着电工兜子，肌肉发达的腿横扫了多少女人，只有他自己清楚。冯老师最恨的就是他。在他扫倒的女人里，有他心爱的女人。冯老师痛心疾首，他恨不得在马奔的裤裆里放一把火，把他到处觅食的小鸟烧成一只死鸟，再也蹦跶不起来。眼瞅着马奔的腿比其他人更先一步伸向了兰花花，冯老师在兰花花被扫到之前，颤着两条衰老的腿拼命地向着兰花花奔跑。

7

兰花花正式做起了老板娘。堂弟把商店交给小锁头和兰花花经营，自己搬回了老房子。堂弟有他的打算，他想用这个小店把兰花花拴住，让她一心一意地和小锁头过日子。

兰花花就是一朵花儿，蜂儿们闻着香味成群结队地赶了来。采不到蜂蜜，看两眼也是享受。小店前所未有地热闹起来。

你买两包烟，我买一袋茶叶，买完了，人却不走，挤在小店里聊天。眼睛在聊天的对象身上，心在兰花花身上。他们大声地聊天，夸张地笑，把自己想象成八仙之一，讲述着过海的本领，为的是吸引大美人兰花花。兰花花躲在人们吐出的烟雾后边灿烂地笑着，谁也看不出她的笑容给谁多一点，给谁少一点，仿佛在秤上称过，给每个人的笑是均等的。谁都想多分几两兰花花灿烂的笑。于是，这些男人们更加努力地表现自己。

甲说，你们知道蛇的胃口有多大？妈的，可以吞下一头豹子。

乙说，你真是瞪着眼说瞎话，蛇的嘴巴能有多大？

甲说，你他妈的有点知识好不好，蛇的嘴巴有弹性的。

乙就发怒了，你他妈的说谁没知识！

兰花花依旧在一边灿烂地笑。

甲和乙脖梗上的毛都竖了起来，有了一个短暂的对峙。两个人都在想，接下来要动拳头才不栽面。这个时候，小店的棉门帘子一掀，马奔走了进来，一边往里走，一边骂，都他妈的吃狗鸡巴撑的！

兰花花脸上灿烂的笑容凝住了。

8

马奔把和兰花花约会的地点定在大队部。他手里有大队部的钥匙。晚上的大队部空无一人，尤其是在这冰天冻地的腊月，连只苍蝇都没有。大队部没有床，只有一张长长的椅子。椅子大概是见多了这样的游戏，早就学会了沉默，实在不堪重负时，才吱吱地抗议两声，再接着沉默。

马奔和兰花花怎么也不会料到此刻冯老师已经气喘吁吁地赶到了门口。站在门口的冯老师千想万想，也不会想到门没有反锁上。他想，门应该是在里边锁上或者插上的，他什么也不干，只想在门上敲几下，惊扰一下门里的人。让马奔终止对兰花花的伤害。他认准了那是伤害。敲完了，他立刻走掉，等里边的人出来时，他已经无影无踪了。

冯老师的手坚定地攥成拳头，坚定地伸出去。

9

门开了。

10

冯老师得了脑血栓。

据说是马奔和兰花花在街上发现了突然发病的冯老师。经过抢救，冯老师的命是保住了，但是冯老师的右半身瘫痪了，并且失去了话语功能。

在城里的医院住了一个星期，出院那天，冯老师的儿子女儿给冯老师的老伴儿打电话，说就让爸留在城里吧，一会儿把妈也接过来，这个年就在城里过。冯老师的老伴儿口气一点商量的余地都没有，把他送回来吧，他在城里住着死得快点儿。

儿子和女儿知道冯老师，也知道他们的母亲，就把冯老师送了回来。和冯老师一起送来的，还有一辆轮椅。临走，一双儿女在母亲面前抹了把眼泪，恨恨地说，他啥时死了，您就啥时轻松了。

冯老师的老伴儿说，他死了，你们还不美得敲锣打鼓？

女儿红着两只眼睛斜了一下母亲，他要真死了，我和哥就搭上戏台，唱上它三天三夜的。

冯老师的老伴儿长长地哀叹一声，费力地转动着大脑，她想寻找一句话。老朽的大脑缓慢艰难地转动起来，簌簌地落下一层磨损的细沫子。几层细沫子飘过，她终于想起来。那是电视上说的，世上没有无缘无故的爱，也没有无缘无故的恨。死老头子，真是造孽呀。

冯老师也是疼过儿女的。

儿子出生时，花花死了有大半年了。

婴儿哇哇地哭着不情愿地朝有生命的世界跑来。接生婆的声音夹杂在小婴孩的啼哭声里，冯老师，是个带把儿的！

院子里的冯老师一头冲进屋子，接生婆将托在手上的小婴儿移到冯老师的眼前。刚刚离开母体的小婴儿还不太习惯眼前这个冰冷的世界，他唯一表达自己思想的方式就是哭泣，他用哭泣来抗议。小手和小脚在虚无的空中挥舞着，小眼睛紧紧地闭着，和许多的小比起来，张开的嘴巴大得有些夸张。这样一个小东西太奇妙了。冯老师的眼里含着两汪泪。他不敢眨一下眼睛，他怕泪会滚下来，会砸伤眼前这个奇妙的小东西。

忽然，冯老师做出一个举动。它太出乎接生婆的意料，人还来不及有所反应，冯老师已经抓起炕上的一团旧棉絮，把托在接生婆手上的小婴儿塞进棉絮。冯老师抱着棉絮团跑了出去。

冯老师将那团绵软的东西搂在怀里，径直奔向花花的墓地。花花，花花，我把咱们的孩子抱来了，花花你看，你看孩子长得和你一样漂亮呢。

花花，你睁开眼睛看看哪，看看咱们的孩子……

早春的风掠过花花坟头的衰草。衰草发出几声呜呜。

花花，你听见我的话了，是不是？你在看咱们的孩子对不对？

冯老师想让花花看得更清楚些，便去剥棉絮，小心地将小婴儿的头剥出来。他刚要把小婴儿举给花花看，随着嗷的一声号叫，小婴儿不见了。

小婴儿的母亲，冯老师的老伴儿像母狼一样将小婴儿护在怀里，血红的眼珠子随时都有溅血的可能。

冯老师一脸的茫然，他不明白他的一向温顺的女人今天是怎么了。

我就是想让孩子的妈妈看看孩子，不行？他说。

我才是孩子的亲妈！她吼。

冯老师更加茫然了，这孩子明明是和花花有的，咋就变成你的了？

女人什么也不想说了。她和他能说清什么呢？她是他的女人，实际上，她不过是花花的替身。他不是在和自己过日子，是在和花花过日子。

她争不过一个死去的人。

她争过什么？没有。她什么也没争过。心甘情愿地嫁给他，心甘情愿地做替身，心甘情愿地做他喜欢做的事。这个男人，从看见他开始，她就认定他是她想要的男人。可她不是他想要的女人。她在心底里盼着，盼着有一天她不再是别人的替身，她会变成他想要的那个女人。

这一天还会出现吗？

大概是老天可怜了女人，经过一番折腾的小婴儿竟然相安无事。

女儿出生时，有了儿子的教训，冯老师的老伴儿把孩子看得牢牢的，唯恐再有个风吹草动。就连睡觉，女人的一只耳朵都是醒着的。

这一回，冯老师很安静，只是远距离地看着孩子。眼睛里闪着幸福的光彩。女人问他，这又是你和谁生的孩子？

冯老师快乐地说，是和山花花生的，你看你看，鼻子嘴巴长得都像妈妈呢，是个漂亮的孩子。

冯老师持续着幸福的表情，幸福的注视。问他话的女人不在他的世界里。

无论是女人的希望，还是女人的绝望，都不在。

冯老师的老伴儿开始给自己灌输一个概念。她其实不是需要冯老师，她真正需要的是冯老师的供给。有了他的供给，她和她的孩子们才能生存。如此一想，冯老师的老伴儿轻松了许多。在许多的习惯中，比如习惯了冯老师喜爱别的女人，习惯了跟着冯老师去给他的女人们贴春联，等等吧，她强迫自己只承认习惯了冯老师的供给这一条。前边所有的习惯都是为后边的习惯服务的。只有这样，她才能带着她的孩子们坚定勇敢地生存下去。

她有意地让孩子们拉开和冯老师的距离。她怕孩子们从冯老师的身上沾染上这个花花那个花花的气息。为了让拉开的距离长期地保持下去，她不辞辛苦，把自己化成一条深深的小河，让冯老师和孩子们隔着河打招呼，隔着河说话，隔着河传递亲情。孩子们上学，她跑去学校求校长，说什么也不能把孩子们放在冯老师那个班。她和校长说，当老子的怕是舍不得管自家的孩子呢。

不知道河水不够深，还是河面不够开阔。反正，关于花花们的信息还是被两个孩子捕捉到了。

冯老师的老伴儿从孩子们反常的情绪上接收到了她不愿意接收的信息。读小学的儿子和女儿几乎同时抑郁起来，从家里出去时是两张闷闷不乐的小脸，从学校回来依旧是两张闷闷不乐的小脸。并且，兄妹两个在刻意回避他们的母亲。母亲问，孩儿啊，咋的啦，病了？和同学打架啦？兄妹躲闪着母亲的眼睛，什么也不说，什么也不答。母亲惊惶到了极点，忘了吃饭，忘了睡觉，忘了把自己变成深深的小河。

有一天放学，两个孩子迟迟没有回家，冯老师的老伴儿去路上迎，去学校找，都没有看见兄妹两个。正六神无主时，山花花领着两个孩子找上门来。

山花花人还没进来，嘻嘻的笑声先球似的滚进来，屋子的角角落落都滚满了笑声。

山花花的笑怎么也打不住，说出来的话不停地被笑给噎住，话就变得疙疙瘩瘩的。

嫂子——嘻嘻，两孩子跑我家认，认亲妈去了——嘻嘻，眼泪汪汪的非说我是他们亲妈。嘻嘻。嘻嘻。

山花花忽然打住笑，正色对目瞪口呆的冯老师的老伴儿说：

嫂子，没事，我不会往心里去的。村里人谁不知道冯老师，谁不知道嫂子。说真的，嫂子，这丫头长得挺招人稀罕的，正好我也没闺女，嫂子要是舍得，就给我做个干闺女吧。

冯老师的老伴儿多想给眼前的山花花跪下去，山花花值得她一跪。许多年以来，她头一次对冯老师喜爱的女人充满了感激之情。

她没有跪。她在心里给山花花跪了。

而且，她还在心里对山花花说，以后每年的春节，我都会给你贴春联。

11

今天是腊月二十九。

几只鸡慵懒地卧在院子里晒太阳。大公鸡再也不用担心招来主人的责打，没有了管束，反倒没有了任何欲望，和几只母鸡一起享受午后温暖的阳光。偶尔有几声零星的鞭炮或远或近地炸响，鸡们完全一副无动于衷的样子。

冯老师的老伴儿也感觉到了这个午后阳光的特别，她伸出手

98

来，摸一摸空气的热度，然后蹒跚地回屋。过了一小会儿，冯老师的老伴儿就推着轮椅出了院子，轮椅上坐着冯老师。几只鸡目送着冯老师的老伴儿和她的轮椅远去，依旧无动于衷。

冯老师的老伴儿推着轮椅在街上慢慢地走。车轮碾压在僵硬的土地上，发出轻微的滋滋儿碎裂的声响。冯老师的老伴儿一路上说着话。她一生都没有说过这么多的话，今天，她不知道怎么了，她特别想说话。积攒了几十年的话，在今天瀑布一样奔泻而出，拦也拦不住，挡也挡不住。那些话是说给冯老师听，也是在说给自己听。

死老头子，你再活几天吧，别死在我前边，你死了，我吃谁喝谁去呀。这一辈子呀，我吃定你了，喝定你了，你要是敢死我前边，我就把你锉骨扬灰，让你下辈子脱生不了。呵呵，我够狠吧。

老头子，你说，你咋一点人缘都没有呢？你呀，也别怪孩子们不待见你。有你这个一点正形都没有的爸爸，孩子们脸上无光啊。哎，这也都赖我，我没入你的眼，一辈子都没入你的眼，收不住你的心。你说，你的心在外边飘就飘吧，我也认了，你干啥伤孩子的心呢。总给孩子们往外整亲妈，那么点的孩子哪受得了啊。孩子们长大了，懂事了，他们背地里跟我说，妈呀，你咋就不跟他离婚呢，离了，我们给妈找一个好的，知道疼妈的。我就跟孩子们说，你爸的心思不在我身上，这也不赖你爸，一开始是我乐意跟着你爸的。孩子们说，妈呀，那你以后不许跟着他去贴春联了，你再去，你就不是我们妈了。我说，你们爸的心思都在春联上，我不跟着贴，他贴不上，他贴不上春联，要是急病了，咋去上班呢，咋去给咱们挣钱呢。

孩子们没办法，我跟你去贴春联，他们就在后边跟着，咱们在前边贴一张，他们就在后边撕一张。那年哪，你打了他们。你从来没有打过他们，他们是你的孩子，你把他们当成和这个花花那个花花生的孩子，你咋会舍得打他们呢。他们老撕你的春联，你就狠狠地打了他们。我说大过年的，不许打孩子，过年打孩子，他会跟你结一辈子的仇呢。你不听，还是打了。我说准了吧？

老头子，我知道你不爱听我说话，你现在是没法子了，动也动不了，说也说不了。你就委屈着点吧，我都委屈一辈子了。哦，你想说你也委屈，是不？自个的女人在入洞房的时候成了别人的女人，你该委屈。花花下葬那天，你在雨水里给花花唱歌，我真巴不得死的人是我，我去替花花死。我要是死了，你会给我唱歌吗？呵呵，我知道，你肯定不会。

老头子，其实啊，我也聪明着呢，你给村里的大闺女小媳妇的写春联，把心搁她们身上，我明白是咋一档子事。你把她们都当成花花，她们身上有花花的影儿呢。村里的人哪会知道呢，都以为你得了花痴了呢。

你说，你这辈子，就为这一件事活着。冷着我，伤了孩子们，不过，你倒是给咱村做了贡献了呢。咱家给村里人添了嚼头，添了乐子。

呵呵。呵呵。

冯老师的老伴儿暗自笑了。她沉醉在自家产的那些乐子里。

冯老师看不见老伴儿的表情，但他听得见她说的话。他的眼睛盯着投在地上的影子。老伴儿的影子和他坐轮椅的影子叠在一起，只有头不是重叠的，它好像是安在一个臃肿的怪物身上，显得怪异而又可笑。老伴儿说话时，他就盯着影子上的头看。就有了一种和老伴儿面对面说话的感觉。

不，是面对面倾听的感觉。因为，他不能说话。

这个他一生都在忽略的女人，他居然用了这么长的时间来倾听她。他一直以为，这个女人是没有感觉的，她不会在意他对她的忽略。她说过，她怕做不成他的女人。他成全了她，让她做了他的女人。可是，他从来不知道她想些什么，他从来没有问过她，她也从来没有说过。他就以为她是一个没有想法的女人。她不过是一个略显粗糙的连字都不认得的女人，她会有什么想法呢？

她居然还知道他的女人们身上都有花花的影子。那是他的一个梦。它只属于他一个人。

看来，这个跟了他一辈子的女人，他竟然一点都不了解她。

他继续听她絮絮叨叨地说话。那些看似零乱的无序的话，包含着一个女人全部的幸福，全部的希望，全部的绝望。而，全部的幸福，全部的希望，全部的绝望都和一个男人有关系。那个男

101

人就是他。

　　她在一个门口停了下来，说，这是杏花花的家。

　　她又在一个门口停下来，说，这是桃花花的家。

　　……

　　她熟悉他的每一个女人，胜过熟悉她自己。他的女人们的门上还残留着上一年春联的印痕。明天，这些印痕就会被新的春联遮盖住。

　　他和她从兰花花家门口经过时，马奔正用刀片刮着上一年春联的印痕。他刮得很仔细，一个细微的残片都不放过。看起来，兰花花家的春联要马奔来贴了。马奔不会自己去费力写春联，更不会请人去写，城里什么高级的春联都有卖的，他高兴买哪样就买哪样。马奔不会只送她的女人一副春联，春联也不过是讨好女人的一种形式，或者有另外的深意也未曾可知。至于送别的什么，只有兰花花知道了。

　　我知道，你的病八成和兰花花有关，我心里清楚着呢。你肯定看见啥了，你受不了了，你就病了。

　　冯老师惊愕极了。她是跟了他几十年的女人，还是跟了他几十年的影子？

　　这是山花花的家呢。冯老师的老伴儿又停了下来。

　　这一回，冯老师转过头来，他用疑惑的眼神对着女人。女人看见了他眼里的疑惑，也看见了他嘴角流出来的一串口水。就用手里的帕子抹去了他嘴角的口水。说，你忘了山花花是谁了，是不是？

冯老师点了点头。

山花花差点成了咱闺女的亲妈呢，你忘了？咱闺女找上门去，非要认亲妈。人家山花花不但没恼了，没和咱打架，还把咱孩子送回来，她还对我说了几句话。那几句话真是暖了我心窝子了。

冯老师的头又转过来，用疑惑的眼神对着女人。

你想知道山花花都和我说啥了，是不是？

冯老师点了点头。

那话呀我记了一辈子，那是女人对女人才说的话，我不能告诉你。我还说要年年都给山花花贴春联呢，谁想她走得那么早呢，比我小好几岁呢。哎，真是好人不长命。

冯老师想起来了，他的女人里是有一个叫山花花的。可是，关于山花花的一切，实在是太模糊，太零散了。他无法在他的记忆里提取出一个完整的山花花来。冯老师有些悲哀，他一时搞不太清楚究竟是自己更爱他的女人们，还是老伴儿更爱他的女人们。

12

冯老师艰难地挪到桌子边上，看着桌子上那些写完的和没写完的春联，发愣。

老伴儿睡着了。她累了，说了一下午的话。她不想再说了，孩子似的躲在睡眠里不出来了。

不知过了多长时间，冯老师从愣怔里走出来。用能活动的左手把写完的和没写完的春联朝桌下一推，桌子上便有了一大片的空间。冯老师开始用这片空间完成今年的最后一副春联。

左手拿剪刀，左手裁纸，左手研磨，左手握笔。

没有放大镜的帮助，但每一道程序做得完美无缺。这是冯老师一生最满意的一副春联。

大年三十是贴春联的日子。冯老师的老伴儿早早地起来，把火炉打开，在炉子上熬糨糊。她发现春联都掉到了地上，就过去捡拾。费了好大力气才弯下腰，一边捡一边嘟嘟囔囔地说，今年的春联贴不全了呢，好多都没来得及写，一会儿把糨糊熬好了，我就去贴。死老头子，你别不放心，合着眼我也贴不错，知道谁是谁的。

拾起来后，看见桌上躺着一副新春联。冯老师的老伴儿眯起昏花的老眼，使劲端详着桌上的春联。它是新鲜的，也是陌生的。她虽然不认识字，但在她眼里，春联上的根本就不是字，是一个个的女人。这副陌生春联上的女人，面孔是生疏的，她和村里任何一个女人都没有关系。她是谁呢？该把这副春联贴在谁家呢？

冯老师看着老伴儿狐疑的样子，觉得很开心，他就笑，一笑，口水止不住地往下流。

冯老师一笑，冯老师的老伴儿恼了，死老头子，有病还变戏法，我倒瞅瞅你有多大的精气神，还能变出多少个花花绿绿的来。

老伴儿越恼，冯老师越笑。他指指春联，又指指老伴儿，再指指自家的门框。意思是春联是写给老伴儿的，要她马上贴起来。

冯老师的老伴儿更恼了，老东西，你看清楚了我是谁，我不是你的哪个花花！

冯老师还在笑着。两行泪水从绽开的笑容里生长出来。

冯老师的老伴儿在自家的门上贴着春联。她把糨糊往门框上刷，糨糊熬得真是好，质地细滑又有黏度。刷好了糨糊，小心地将春联用两指捏了往上贴。

但春联却贴不上。和冯老师第一次给他的女人们贴春联一样，糨糊冻住了。

冯老师的老伴儿把脸贴近正在迅速凝固的糨糊，脸上热热的泪慢慢地浸透着糨糊。

糨糊被热热的泪水烫到了，冰冷的心开始复苏。

13

2007 年春节那天，我回了老家。

从街上走过，我发现，家家门上贴的都是从城里买的工艺品的春联，只有冯老师家的门框上贴着手写的春联。字迹不太工整，像小学生的字体，但是，可以看出来，写的人很认真。

再仔细地看，春联上的每一个字都不太像字。

像冯老师的女人。

杀杀人，跳跳舞

1

爱斯基摩犬小贝重度忧伤了。

她的忧伤是与生俱来的。忧伤是小贝的武器，不仅可以俘获人类的心，还可以掠劫同类的对她的欢喜。当然，纯白的小贝是美丽的，她忧伤的黑眼睛让她的美丽变得特别。两年前，小贝妈妈在一家宠物市场，对小贝有了一个短暂的凝视后，就将小贝搂在怀里，小可怜儿，以后就是妈妈的亲闺女了。从此，小贝就过上了锦衣玉食的日子。但是，锦衣玉食的日子，没有改变小贝的忧伤。忧伤是小贝的气质，是小贝永恒的外套，是小贝获取疼爱的资本。看我闺女小贝，跟林妹妹可有一比哦。小贝妈妈经常这样说。

小贝的忧伤，更准确的说法是忧郁，和林妹妹一样，没有遭遇爱情之前，从骨髓里流泻出来的忧郁，只是浅浅的顾影自怜。遇到斑点狗大斑之后，小贝就开始了深度忧伤的日子。那天在广

107

场上，跟着妈妈遛弯的小贝，毫无征兆地遇到了大斑。那时候，老顽固正在向小贝发起猛烈的爱情攻势，把喜爱老顽固的蝴蝶犬小卡气得郁郁寡欢。老顽固是一条黑色的苏格兰梗，仰仗着自己力气大，经常欺负比他弱小的动物。小贝亲眼看见老顽固做坏事，把一条趴在花坛边奄奄一息的流浪狗追撵得魂飞魄散。最后实在跑不动的流浪狗，索性抱定了必死的信念，躺在地上任凭老顽固发落。老顽固的妈妈抓狂般地喊老顽固，你敢沾一下那个脏东西，看我不打折你的腿儿！老顽固就是老顽固，不达目的不罢休，眼见着失去了证明他威猛的机会，气哼哼地抬起右腿，对着流浪狗的脏身子撒了泡尿水。惹得老顽固的妈妈哈哈大笑，她家的儿子坏出了水平么。这样的一个老顽固，高傲的小贝怎么会看得上呢。老顽固越是紧追不舍，小贝越是看轻了他。小卡的心思，小贝也清楚着呢。每次老顽固将鼻子贴近她，做出令她厌恶的亲昵动作，小卡就会横吃飞醋，从咽喉里发出骇人的呜咽声，恨不得将小贝碎尸万段才解恨。说实话，小卡是有着几分姿色的，不过，欠缺了女孩子该有的矜持。还有，嫉妒心太过了。每逢小卡醋意大发的时候，小贝妈妈唯恐几个狗狗会打起架来，她的小贝会吃亏，就赶忙将小贝从地上拾起来，抱在怀里。妈妈的怀抱，是最享受和安全的地方，小贝才懒得搅进小卡和老顽固的烂局里呢。嗯，就是那次，刚刚被妈妈抱在怀里，小贝就看到了大斑。

广场上正播放着《中国范儿》，一广场人的身子在中国范儿里扭动。安静着的，是队伍边上一只花斑点的狗狗。他的身子呈坐姿状态，目光对着一个跳舞的男人。好乖的一条狗，等着主人呢。小卡妈妈有所顿悟的样子，又说，我想起来了，这个狗也是咱们小区的，前两天新搬来的。是吗？是啊。

妈妈们在说什么，小贝不感兴趣，她一个字都没有听进去。她的眼神儿一直在大斑点狗身上，这个世界上，居然会有这样伟岸而又帅气的狗狗。小贝的小心脏扑扑地跳，速度明显快了很多。她有生命以来第一次为异性心跳加快，噢，原来，心跳加快的感觉是如此的美妙。小贝想，那就是爱情吧。此刻，它来了。这幸福来得太突然，给了她一个措手不及，于是，小贝羞怯了。她将两颗黑眼睛埋进妈妈的臂弯里。

我们叫大斑，你们都叫啥呀？

笨着一副手脚跳舞的男人，见几个遛狗的女人在夸他的狗狗，便从队伍里脱离出来，和几个女人以及女人带的狗狗打招呼。

大斑站起来，威武地贴在爸爸身边，警觉地打量着眼前的同类和人类。

大斑，咱们住在一个小区，往后他们就是你的好朋友，你是大哥，要让着弟弟妹妹，好不好？

有其子必有其父，和大斑一样高大帅气的中年男人，谦和着语气嘱咐大斑。对爸爸的教诲，大斑明显是听进去了，两只保持警觉状态的耳朵松弛下来，夹在裆间的细尾巴竖立起来，灵敏地摆动了几下。一对不大的眼睛在小卡和老顽固的身上扫过后，落在扎在妈妈怀里的小贝身上。大斑一定以为娇小的小贝被他吓到了，就使用了比看小卡和老顽固更加柔和一些的目光，又友善地摆动了几下尾巴。让大斑失望的是，他的示好没有换来小贝的理解，小贝依旧将脸埋在妈妈的怀里。所以，相遇的第一个晚上，大斑对小贝的印象是模糊的，他没有机会看清小贝忧伤的黑眼睛。

三个女人带着她们的宠物狗狗，离开大斑爸爸以及大斑后，小贝将两颗忧郁的黑眼珠从妈妈怀里探出来。小贝发现大斑爸爸又加入到了跳舞的队伍中，大斑又恢复了之前的姿态，坐在地上等爸爸。他的目光在舞姿笨拙的爸爸身上，连一点余光都没有给小贝。小贝就伤心了，他怎么可以这样对她？怎么可以。小贝好不怜惜自己，你为人家心跳，人家却一点也不领情。这个可恶的家伙，我恨你。恨你！

小贝，下来玩儿会吧？

小贝妈妈和怀里的小贝商量。心情坏到极点的小贝，才不理会妈妈的讨好，它将两颗变得深度忧伤的黑眼珠，投向深远的夜幕。

小卡，这下你满意了吧？小贝妈妈丢了一个责怪的眼神给小卡。

2

最不可能在一起的三个女人，因她们的狗狗而结缘了。

先是小贝妈妈一个人去遛狗。冬天的时候，小贝身上穿着一件粉红的棉外套，亦步亦趋地跟在妈妈身后。和小贝一样惹眼的，是小贝妈妈。人都说什么样的人养什么样的狗，这句话特别适合小贝和小贝妈妈，仿佛是一个定理，而小贝和小贝妈妈就是证明定理真实性的论据。小贝的美丽，以及淡淡的忧伤，小贝妈妈都拥有。一个年轻的女子，一条纯白的爱斯基摩犬，一前一后走在清冷的街道上，给人的视觉带来暖暖的冲击力。是暖，流动的暖。她和她那样走着，很少有人跟她们搭讪。她们的美丽，她们的忧伤，甚至她们的暖，都拒人千里。人们欣赏她们，却不走近她们，和她们保持着距离，尊重着她们的孤独。

　　小卡和小卡妈妈打破了她们的孤独。

　　嘿，咱们是一个小区的。染着一头红发的小卡妈妈，简直是突兀地硬闯了。

　　小狗叫啥名字，咋那漂亮呢？说着，小卡妈妈做了一个动作，身子下俯，伸出一条手臂，准备去抚摸小贝。可也就在这个时候，一旁的小卡迅疾地冲过来，用抬起的两只前爪去够妈妈的手臂，让妈妈停止对小贝那个即将发生的抚触。你个小气包儿！小卡妈妈果然终止了她的抚触行为，抱起气得呜呜咽咽的小卡。已经被妈妈抱在怀里了，小卡的情绪还没有平复，她用两只大眼睛恶狠狠地盯住地上的小贝，喉间的呜咽转换成愤怒的咆哮。她大概在怒斥小贝，因为小贝险些分享了她些许的母爱。无辜的小贝，并没有以牙还牙，她漠然地看着小卡，觉得小卡的疯狂来得太过莫名其妙。

　　小家伙嫉妒心还挺强。小贝妈妈笑了笑。

　　小卡和小卡妈妈的加入，便从小贝妈妈的一笑开始了。小卡妈妈向小贝妈妈讲着小卡的趣事，所有的趣事基本上都和嫉妒有关。嫉妒，是因为想独霸妈妈的爱。小贝妈妈看出来，小卡妈妈是很享受这份独霸的，独霸意味着占有，意味着在意，意味着忠诚。说着说着，小卡妈妈发出感叹，男人要是像狗狗一样多好啊。小贝妈妈听出来小卡妈妈的言外之意，她没有遇到一个像小卡一样独霸她的男人。

　　小卡，妈妈只爱小卡。小卡妈妈给了小卡一个亲吻。小贝妈妈猜测，小卡妈妈一定是受过男人的伤害，所以才把对男人的爱转移到小卡身上，心一软，就接受了小卡妈妈的邀请：每天吃过晚饭，一起出来遛狗。

　　和小卡妈妈出来的第二天，小贝妈妈就后悔了。痛恨自己的心软，给自己制造了一个大麻烦。小贝妈妈带着小贝出了小区的大门，发现小卡妈妈正坐在大门外的花坛上，看样子是在等着她和小贝。小卡妈妈不是在寂寞地等待，而是在和身边几个如她一样头发染着鲜艳颜色的女子说笑。不知道她们之前说了什么话题，几个人在哈哈地笑，露出满嘴牙齿的那种爆笑。在爆笑声中，小卡妈妈突然双腿大幅度叉开，大声嚷嚷：我想搞破鞋，谁跟我搞破鞋？她的话引得过往的行人纷纷将目光甩过来，惊诧地打量着红头发的小卡妈妈。一个笑得不行的女子，弯着腰过来做了一个踢的动作，靠，你丫够猛的。小卡妈妈这时发现了小贝妈妈和小贝，就从花坛上站起身来，不跟你们一帮小破孩玩了，遛狗去了。

见小贝妈妈眼神在别处，小脸上凝着一层冷漠，小卡妈妈没心没肺地解释，这不是等着你么，就跟几个小破孩逗逗闷子。小贝妈妈还是没有多少欢喜的意思，好在，小卡妈妈也不怎么介意，主动热情地和小贝妈妈找话说。她告诉小贝妈妈自己开着一间服装店，还告诉小贝妈妈她是单身。男人有了外遇，和她离婚了。说到男人，说到外遇，小卡妈妈满嘴的牙齿变成了响器，咯咯吱吱地鸣奏。小贝妈妈很想同情小卡妈妈，可是，她的同情千呼万唤也不出来。小卡妈妈下流的动作和语言，封杀了她所有的同情细胞。不但不同情，她还在努力寻找一个拒绝和小卡妈妈一起遛狗的理由。还没有等到寻找到那个理由，老顽固和老顽固的妈妈也加入进来了。

一个人遛狗不算是一个队伍，两个人遛狗就算是了。因为是一个队伍，老顽固的妈妈带着老顽固很容易就加入进来了。老顽固进来之前，小卡和小贝是相安无事的。她们环顾在各自妈妈的脚前脚后，互不往来。小贝的忧伤，小贝的美丽，是小卡所蔑视的。因了蔑视，所以不屑于为伍。只要自己的妈妈不讨好小贝，小卡就不会主动找小贝的别扭。小贝呢，更是不想与小卡同流合污，小卡对她的漠视，正合了她的小心思。可是老顽固来了。

老顽固对小贝一见倾心，再见倾魂。如果没有小贝，老顽固一定会爱上小卡的。老顽固的加入，打破了小卡和小贝井水不犯河水的格局。老顽固丝毫不避讳自己的喜爱，主动向小贝示好，围着小贝做一些亲昵的动作，甚至连抱着小贝腰这样的动作都有过。小贝妈妈自然不愿意小贝受欺负，就轰老顽固。老顽固妈妈快乐得像老鼠，说，以后小贝给我们做儿媳妇呗。小卡妈妈也笑得嘻嘻哈哈的，骂老顽固耍流氓。小卡呢？她当然是最生气的了，比小贝妈妈都要生气。凭什么，凭什么老顽固对小贝那样死心塌地，难道小贝比自己漂亮吗？小卡太不服气了。

为了吸引老顽固的注意力，小卡每天让妈妈打扮得花枝招展。这招发挥了一定的效果，老顽固在小贝身边鞍前马后，忙里偷闲向小卡抛媚眼，有时还趁着小贝不注意，爬上小卡的后背爱抚一下。其实小贝早把老顽固的小动作收在眼底，哼，她才不会像小卡那样嫉妒得要死呢。本来，她就不喜欢老顽固，他对小卡怎样关她何事呢！

路过一家酒店门前，酒店台阶下有一块肉骨头。最先发现肉骨头的是小卡，小卡麻利地将肉骨头据为己有。刚要独自享用美食，小卡忽然想起了什么，就叼起肉骨头，送给老顽固。老顽固倒也不客气，接受了小卡的赠予，快活地大啃肉骨头。啃了几口，老顽固停了运动的嘴巴，看了看已经走到前边的小贝，他忽然把肉骨头咬在利齿间，紧跑了几步，吐在小贝跟前。小贝，你好无耻！小卡一声咆哮，猛扑向小贝，先是一掌拍在小贝身上，弄脏了小贝的粉色外套。然后又龇出来一嘴的利牙，去咬小贝的脸，打人先打脸么。小卡看过妈妈打爸爸，妈妈把爸爸的脸抓破了，爸爸就再也没回来。把小贝的脸咬坏了，小贝也不会再和他们一起玩了。小贝还没有闹明白是怎么一回事，她被小卡的突然发飙弄懵了，好在小贝妈妈反应灵敏，哇地扑过来，用脚窝开了小卡。并恶着一副嘴脸吓唬小卡：小卡要是再欺负小贝，就把小卡煮了吃肉。又对小卡妈妈说，你们总欺负我们，赶明儿不和你们一块溜了。借着这个机会，小贝妈妈说出了心里话。小卡妈妈见小卡占了便宜，也严厉地呵斥了小卡几句，人家小贝是淑女，你也学着点，别动不动就张牙舞爪的，听见没！骂完了小卡，小卡妈妈踢了一脚地上的骨头，看它骨碌碌跑远了，又安慰小贝妈妈，都是骨头惹的祸，别心疼了，咱小贝不是没受伤么。呦呦，衣服脏了，赶明我给咱小贝买一套新的。老顽固的妈妈也帮腔，对，让小卡妈给咱小贝买新衣服。小贝妈妈还能说什么呢。

一旁的老顽固转着眼珠儿看着眼前发生的一切，一副很事不关己的样子。

3

三个女人和三条狗狗的队伍维持了不算太短的一段时间，从冬到夏，从夏又到秋。在大斑爸爸和大斑加入进来之前，这个已经颇有点规模的队伍，就像一河偶有微澜的水，有暗流，却不暴躁。

三个女人，起平衡作用的不是没心没肺的小卡妈妈，而是老顽固妈妈。对了，老顽固妈妈其实应该叫粽子妈妈，粽子是老顽固的正名儿，因了性情蛮横又固执，才落了这个雅号。老顽固妈妈看着不像狗儿子那般，拿了身上有把子力气说事儿，她是很憨厚很随和的一个人。只要她家的老顽固不吃亏，她就永远一副笑容可掬的模样。不似小贝妈妈那般忧郁，又不似小卡妈妈那样大大咧咧，取了两个女人的中间地带。三个女人中，老顽固妈妈年龄最大，儿子都读了高中。据她自己说老公是个船员，一年有半年的时间不在家。老顽固妈妈没有工作，儿子住在学校，她成了狗儿子的全职妈妈。小卡妈妈就常拿着老顽固妈妈的船员老公开玩笑："赶紧召回来，换个工作，你这四十浪荡岁，正是如狼似虎的时候，回头哪天说不准给老公戴顶绿帽子。"老顽固妈妈就嘿嘿地笑，咱半辈子都忍过来了。小卡妈妈说，实在忍不住了咋办？老顽固妈妈也上了荤菜，忍不住了挠炕席，你不会也挠过吧？

　　然后两个女人就哈哈大笑。小贝妈妈也笑，不过笑得很含蓄。这样低俗的玩笑，她有些憎恶，但也实在是觉得可乐。玩笑才是开始呢，接下来小卡妈妈会把话题转到老顽固妈妈的老公身上，她说别的国家都有红灯区，中国的船只靠了岸，船员们大都会去红灯区找乐子。外国的大妞屁股像猪屁股那样大，可性感了，船员们抱着都说比家里的老婆子强多了。老顽固妈妈打断了小卡妈妈，又没抱着你，你咋知道的？小卡妈妈很认真地说，等你老头子回来让我抱抱？

116

小贝妈妈只是听着，她不参与她们的玩笑，只是牺牲一些表情。小卡妈妈也从不拿着小贝妈妈开玩笑，所有的笑料都是从老顽固妈妈身上发掘出来的。老顽固妈妈也不生气，反倒和小卡妈妈一唱一和的。有时候，小卡妈妈有事没有出来，就剩了小贝妈妈和老顽固妈妈遛狗，老顽固妈妈就利用这个机会，劝慰小贝妈妈别跟小卡妈妈计较，说小卡妈妈是个人来疯，半吊子。小贝妈妈就奇怪，难道自己有和小卡妈妈计较的意思嘛，肉骨头事件不早就过去了吗？就淡淡一笑，没有顺着老顽固妈妈的话茬说，在心里对老顽固妈妈有了防备。

　　后来发生的一件具体事件，让小贝妈妈彻底改变了对老顽固妈妈憨厚的印象。

　　虽然会暗中和小卡搞些小动作，但老顽固大的方向没有改变，对小贝依然鞍前马后，做足了志在必得的架势。妒火中烧的小卡吸取了上次肉骨头纷争的教训，把对小贝的仇恨揪碎了，瞅准机会就放一剑。用身体撞击一下，或者龇出尖刺刺的门牙，做凶恶状，以警示小贝。更绝的一招是，行走时与老顽固并驾齐驱，发现老顽固有亲近小贝的苗头，立刻用身子去拦截。拦得住老顽固的身子，却拦不住老顽固的心，生性好强的小卡哪里肯服气。她决定使出撒手锏了。

　　是在春天的时节，小卡发情了。小卡是小卡妈妈的宝贝儿，小卡妈妈说这辈子都不许男狗玷污了小卡，所以小卡发情的那段日子，小卡妈妈就停止了遛狗。把小卡锁在家里，小卡的大小便都是在家里完成。小卡有着自己的打算，这是笼络老顽固狗心的最后的一个招法，她太想让自己变成老顽固的狗。只要有心，机会总是有的，有一天借着妈妈开门倒垃圾的空隙，小卡跑下楼来。出了大门，刚好碰到老顽固母子，他们正在等小贝和小贝妈妈。小贝不在身边，小卡又是主动送上门来，老顽固岂有不享受之理。他热烈地迎合了小卡，从背后拥抱住小卡，努力让自己与小卡融合。然而，老顽固却是笨拙的，无论怎样努力也达不成意愿。疼儿子的老顽固妈妈，顾不得避嫌，过来帮老顽固，她用两只手固定住小卡的身子，这就提高了做成好事的准确率。也就是这个时候，小贝和小贝妈妈出来了。小贝妈妈将老顽固妈妈的举动看了个满眼。老顽固一心一意地为他的美事做努力，眼里没有了天，没有了地，也没有了小贝。小贝厌恶地绕开了老顽固和小卡，跟在妈妈后边走了。小贝妈妈没有等老顽固妈妈，那样的色情场面，她怎么能站在一边看热闹呢。而且是在热闹的大马路边上，老顽固妈妈真够可以的。

后来追到大街上的小卡妈妈，对老顽固和老顽固的妈妈充满了责备。第二天晚上，老顽固妈妈为了证明自己的清白，还拉上小贝妈妈作证，证明她完全没有防备。等她看见小卡时，老顽固已经熟练地把好事做了，她想阻止显然是来不及了。小贝妈妈，你看见了，我没说瞎话吧？小贝妈妈嘴角抿出来一丝笑意，什么都不说，将要表达的东西含在眼睛里。一只无形的笔，修改着老顽固妈妈留给她的形象。憨厚，不过是貌似，小奸诈、小狡猾也是有的。

　　遇到大斑之时，小卡的孩子刚刚满了月。老顽固妈妈心心想念的是她家老顽固播的种子，她叮嘱小卡妈妈千万给她留条香火，花点钱也是可以的。小卡妈妈态度很坚决，门儿都没有，把我们欺负了还没找你儿子算账呢！臭顽固，真不是好东西，你不是喜欢小贝么，和我们小卡瞎搞啥？就凶恶着表情把老顽固骂一顿。后来小卡生产了，老顽固妈妈带着老顽固到小卡家里拜访，敲门没人应声，只听到屋里小卡焦急的回应声。登门多次无果，一直等到小卡妈妈带着小卡出来遛弯。我的孙子呢？小卡妈妈回答得倒也脆生，死了，扔了。怕是老顽固妈妈不信，又解释道，可能是头胎的缘故，就生一个，生下来不会吃奶，没过三天就饿死了。

　　说话时，小卡妈妈偷偷向小贝妈妈闪了一下眼睛。小贝妈妈心里就明白了，小卡妈妈也不是好惹的。

　　两个撒谎的人，都不瞒着小贝妈妈。看来她们是信任小贝妈妈的。尽管小贝妈妈和她们之中的谁都不做朋友，但是她赢得了她们的信任。这样看来，格局发生了一些小改变。小贝妈妈变成了润滑剂。作为润滑剂的小贝妈妈清楚，其他两个女人会背着她交换眼神，她们的眼神是针对她的。交换眼神的一瞬间，那两个女人成了一个战壕里的战友。她们将眼神从眼眶里发射出来，想炸毁一些什么，收获一些什么。比如，傍晚送小贝妈妈回来的那个半老的老头是谁？

119

变成老顽固女友的小卡，对老顽固是爱恨交加了。她的身子被老顽固用过了，还为人家生了孩子，但这并没有把老顽固用在小贝身上的那份心思收回来。愤怒的小卡可不是只把愤怒装在肚子里的狗狗，她准备采取点措施了。此时，大斑出现了，大斑出现得真是时候。以过来狗的眼光看，小卡意识到，小贝对大斑一见钟情了。

大斑爸爸和大斑完全是上天踢给三个女人和三条狗狗的礼物。真是一个大大的礼包，他和他的横空出现，让三个女人和三条狗狗几多欢喜几多愁。

4

大斑爸爸带着大斑加入到遛狗队伍中很顺利。在广场相遇的第二天晚上，大斑父子两个出现在小区的大门口，刚好看见小卡妈妈和小卡。一个女人，一个女狗，正在等着小贝和老顽固他们。小卡妈妈手里捉个手机，灵巧的手指在手机屏幕上舞蹈。小卡眼巴巴地盯着小区的大门口，期待着老顽固的身影。焦虑指使着小卡往前走几步，更加接近大门口，但是她却不敢擅自跑掉。上次偷跑出来主动向老顽固示爱，已经严重伤了妈妈的心，妈妈把她拎回去摔在沙发上，好一顿臭骂。妈妈骂的那些话她听不懂，可是那些话好有分量，像小锤子一样砸在她的身上。她不怕妈妈生气，她怕妈妈生气后，不给她买漂亮的衣服，好吃的东西。

大斑，跟爸爸去跳舞？

耳听八方的小卡妈妈，把眼睛从手机屏幕上挪开，对着刚出大门儿的父子两个打招呼。

你叫小卡？这么漂亮啊。大斑爸爸礼貌地夸奖着小卡，他的步子并没有停下来，预备带着大斑跨过马路。

咱们一个方向，等会儿一起走吧，他们一会儿就下来了。

今天小卡妈妈新烫了头发，红发蓬蓬松松，一颗头夸张地爆炸着。见棱见角的小脸隐没在乱发里，寻找到她的表情要颇费一番眼力，好在，大斑爸爸的注意力在小卡身上。一边逗着小卡，男人一边等着小卡和小卡妈妈要等的人与狗狗。大斑爸爸是个随和的男人，很容易做到的一个小等待，他实在不愿意驳了人家的面子。

的确是一个小等待。先是老顽固和老顽固妈妈，然后是小贝和小贝妈妈，把等待缩小到还没来得及感觉到它的存在。老顽固看见小贝，就摇着温情的尾巴，主动迎接过来。早有防备的小卡，小身子早就拦在了老顽固的前边。大斑也看见小贝了，在小贝看见他之前看见了小贝。一条纯白的狗狗，已经够迷人的了，偏偏又长了两颗忧伤的黑眼睛，噢，原来狗狗还可以如此美丽。大斑一声惊叹。小贝听见了惊叹声，那声音是迥异于老顽固和小卡的，她深度忧伤的眼神就游过来。小心脏一个惊颤，竟然是他！便怦怦地乱跳。忽而，小贝想起自己的委屈来，为了这个帅气的家伙，今天一天都食不甘味，害得妈妈以为她生病了，还跑了一趟宠物医院。医院的一个胖男人，肉乎乎的大手在她身上乱摸不算，还往她的肛门里塞进一个冰凉的长东西。吓死小贝了，向妈妈求助，妈妈还向着胖男人，让她乖乖的。如果不是因为他，自己能遭受这番的折腾吗？哼，小贝移开了视线，假装没有看见大斑。高傲地经过了他。

大斑，照顾着弟弟妹妹们。

过马路时，大斑爸爸叮嘱大斑。

小贝的无视，小贝的轻慢，大斑觉得有点不可思议。但是，他没有表现出不满来，反倒是，那么美好的小贝，无论怎样表现，他都觉得不过分，不会让他生厌。就算爸爸不叮嘱他，他也会发扬大哥风格的。环顾在场的几只狗狗，谁的块头会大过他呢？热情的大斑，先左看，再右看，率领着几只狗狗安全顺利地过了马路。在这以前的每次过马路，老顽固妈妈小卡妈妈总是吆五喝六，粽子，看着点车！小卡，危险！小贝一般是由妈妈抱着过马路。今天小贝照例要妈妈抱，小贝妈妈的怀抱已经向着小贝打开了，大斑爸爸说，没事儿的，让大斑带着过马路。既然人家那样说了，小贝妈妈的手臂就闭拢了。

不就是过马路么，妈妈不抱着，那就自己过。可是马路上咋那么多的车啊，"刷"的一声过去一辆，"咻"地一下又过去一辆，看得小贝头都晕了。那就闭上眼睛往前走，看不见头就不晕了。怎么走不动呢？小贝睁开眼睛，高高大大的大斑横在她的面前。噢，这个家伙，此刻居然和她这么近的距离，他的腿几乎挨到了她的头。他这么高啊，需要仰望，才能看见他满眼的关切。是关切。关切是可以感知得到的，它软软的，柔柔的，丝带般缠在小贝内心的小固执上。小贝的小固执顷刻间就变得酥酥的了，身不由己地跟在大斑后边过了马路。

对小贝的做法，小卡不屑极了。切，明明心里喜欢，却非要装 B。你倒是装到底儿啊，撑不住了吧。奇怪了，小心儿里边不光是不屑，一丝醋意悄悄蔓延过来，等小卡发觉，小心儿已经有了酸酸的味道。小卡甚至暗中开始了比较，无论哪个方面，大斑都是略胜老顽固一筹的。比较的结果是，在行走当中，小卡没有如以往那样在意老顽固接近小贝，她的小身子意外地不再去阻拦。

心生醋意的，当然还有老顽固。拒狗千里的小贝，怎么可以乖乖地听大斑的呢？那厮不就是比自己长得高大一些，比自己身上多了一些斑点吗？干吗啊，谁让他来的？还有哪，万分在意他的小卡今天也表现异常了，这一切，都是因为大斑的突然出现。以老顽固的蛮横，岂能容忍！但是，老顽固思忖了一下，大斑以后要是不参加他们，他今儿就决定忍了。毕竟大斑那么大的身段，真要是动起武来，他未必就能赢。

四个人类自然不知道狗儿们各怀的心腹事。异性的加入，而且还是高大帅气中年异性的加入，让小卡妈妈显得格外兴奋。您在哪儿上班呢？孩子多大了？在哪上学呢？恨不得连人家的祖坟都给刨出来。噢，那挺好。噢，不错。附和的是老顽固妈妈。面对女人挖祖宗式的追问，大斑爸爸不急不烦，报以宽厚的笑容，一一作答，尽量让提问的女人满意。他的腿很长，为了迁就几个女人，故意把步子放得缓缓的。小贝妈妈注意到，他迈一个步子，自己则要迈两个步子。男人的脚真大，耐克鞋大概要四十六码吧？四十六码的耐克鞋——小贝妈妈的心狠狠地颤动了几下，狭小的胸腔被突兀的颤动惊扰了，吐出几个剧烈的咳来。

您没事吧？大斑爸爸拨开小卡妈妈的问题，转头问小贝妈妈。

没事儿。小贝妈妈弓着身子，一心一意地咳。小卡妈妈和老顽固妈妈围过来，帮小贝妈妈拍打后背，嘴巴上说着，瞧瞧这林妹妹的小身板儿。

咳止住了，一行人继续往前走。小贝妈妈把头垂得深深的，目光只盯着自己的脚尖儿，不敢再去看那双足有四十六码的耐克鞋。自己所有的忧伤都和四十六码的耐克鞋有关。四年前，四十六码耐克鞋的主人说，我要去天堂了。她说，我也去，和你一起去。四十六码耐克鞋的主人说，那里路太远，你的脚太小，走不到。她眼睁睁地看着四十六码耐克鞋主人去了天堂，她抓不住他，用多大力气都抓不住他。走之前，他告诉她，不要忘了给我买四十六码的鞋子啊，去天堂的路怕是不好走，鞋子磨烂了就走不了路了。每年的清明，她都给他买好四十六码的鞋子，托一缕烟尘带给他。牌子都是他最喜欢的耐克牌。一阵风儿善解人意地吹来，小贝妈妈揉了揉眼睛。

好在很快就到了广场。到了广场，大斑爸爸跟在舞蹈队的后边学广场舞，大斑候在一边等爸爸。另外的三个女人和三条狗狗，如往日一样沿着广场的环形跑道散步。

5

除了老顽固，其他三只狗狗都对日后的同行有了期待。大斑在等爸爸的时候，目光有了变化。两只眼睛追逐着沿外圈行走的狗狗们，尤其是盯着小贝，想，小贝连过马路都不会，真是让他担心呢。这样想着，大斑感觉出了身上的分量，下意识地挺了挺身子。大斑还想，小贝好像不快乐的样子，是被老顽固他们欺负了吗？

大斑离开了队伍，老顽固开始高兴起来，围绕着小贝跑圈圈儿。让他多少有些怅然的是，小卡依然还沉浸在对他的冷漠中。老顽固就越发对小贝献殷勤，故意引起小卡的注意，让小卡生气。

广场的一圈大概有四百米的样子，转了一圈儿后，遛狗的队伍就到了大斑等候爸爸的位置。大斑见狗狗们接近了自己，便友好地摇动起尾巴来，做好了目送他们的准备。小卡妈妈，是的，又是小卡妈妈。她说咱们也跳跳试试，人家大斑爸爸是个爷们，还知道为了降血压跳舞呢。顽固妈，你那么胖赶紧跳跳，好减减肥，要不你爷们回来了，真没兴趣搂你了。

一帮小狗子咋办？人都跳舞去了。

顽固妈，你猪脑子啊，咱就在后边跟着跳，不耽误你看着你家的小破狗。

你家的才是小破狗呢。

再说了，还有大斑呢，让大斑给看着点。

你们跳去吧，我看着他们。小贝妈妈说了话。

你不跳？

我不跳。

也是，就你那小身条儿，用不着减肥了，再减就成人干儿了。

一边进行着对话，小卡妈妈已经在伸胳膊抬腿儿，跟着音乐，模仿着前边人的动作，扭动起来。大斑爸爸就在她前边的队列里。

老顽固妈妈瞅了瞅小贝妈妈，凑近了小卡妈妈，大声喊，你跳吧，我和小贝妈回去了。

这个死娘们儿，你们都走了，剩我自个咋跳啊？

不是有大斑爸爸吗？

就剩下我们孤男寡女的，出点事儿咋弄啊！

小卡妈妈大概觉得自己的话太有趣了，忍不住嘎嘎地笑。笑声将前边跳舞人的目光吸引过来，纷纷给予了惊诧的关注。大斑爸爸一定听见了小卡妈妈的话，他大致认为自己不适合参与小卡妈妈的玩笑，只好假装听不见，继续他笨拙的舞蹈。

老顽固妈妈真是拿小卡妈妈没辙，手脚上一边有了动作，一边小声嘟囔，你不就盼着整点事儿了么。

死娘们儿，你真是我的知音。小卡妈妈听见了老顽固妈妈嘟囔的具体内容，嘻哈着给了老顽固妈妈一记小拳头。

老顽固真是气坏了，刚放松了一会儿的心情又紧绷起来。该死的小卡妈妈，还有，自己的妈妈也跟着添乱。

遛狗的队伍就发生了变化，小卡妈妈和老顽固妈妈像马尾巴尖儿一样，缀在舞蹈队的后边跳舞。广场环形跑道里侧是绿草地，小贝妈妈和几只狗狗散落在草地上候着跳舞的人。小贝妈妈坐在一棵龙爪槐下边，将目光投向深远的天空，捕捉明明灭灭的星儿。那颗最亮的是你吗？你已经到了天堂吗？这么说，你是可以看到我了？如果是你，你就闪一下眼睛，好不好？星儿果然闪了一下。小贝妈妈笑了，两颗眼睛又噙满了泪水。一个转身的动作，树下女子眼里的亮光，从大斑爸爸心上掠过。亮光挟带了很高的温度，男人的心被灼了一下，很疼。手上和脚上的动作就乱了。身后的小卡妈妈哈哈大笑，大斑爸爸，你要是当我们师父，我们猴年马月也学不会。

几只狗狗在草地上玩耍。情绪恶劣的老顽固在玩耍过程中，装作非故意的样子，用身体去冲撞大斑。恐于大斑的块头，他不敢明目张胆地和大斑作对，总在不经意间去试探。或许，大斑的大块头只是一个摆设。几次验证的结果，老顽固心里有了底儿，大斑是宽厚的，是包容的，丝毫没有计较老顽固的冲撞。换言之，大斑是软弱的。这一评定，让老顽固心中窃喜。如此，大斑就不足以成为他追求小贝道路上的阻碍。看哪，那个不专一的小卡，居然抱着大斑的脖子玩耍。老顽固在心里轻视了大斑的力量，性格中的蛮横就窜了出来。好了，老顽固准备冲过去了，在冲过去之前，他的两条后腿儿向后踢腾了几下，几根草屑不满地飞腾出来。感觉身上力量异常充足的老顽固，前腿一弓，身子哈下来，后腿儿再一蹬，身子就会飞出去。在这千钧一发之际，老顽固的眼神朝着小贝瞟了一下。这一瞟，泄了老顽固身上的蛮劲儿。咋就忘了小贝了呢？可是不马上教训一下小卡，老顽固心里又堵得慌，不太善于脑力劳动的他，转了转眼珠儿，想到了一个好办法。假装友好地靠近大斑，和吊在大斑脖子上玩的小卡嬉闹。嬉闹进行中，向小卡投掷凶恶的眼神，警告小卡放规矩一点。老顽固的举动惹得小卡心花盛开，她知道老顽固嫉妒了，还以为嫉妒只是自己的专利呢。尽管老顽固的嫉妒给小卡带来了尊严，但是小卡已经决定不再做老顽固的女友，她喜欢上了大斑。就在刚才做出的决定，成为大斑的女友将是她今后的奋斗目标。这一回，一定要打败小贝这个情敌。吊在大斑脖子上戏耍，大斑不拒绝，小卡觉得她已经胜券在握了。

趴在妈妈身边的小贝，眼神和妈妈一样，简直是重度忧伤了。大斑怎么可以那样呢，他不该啊，不该让小卡和他那样亲密。过去，老顽固和小卡偷情，小贝才懒得伤心呢。现在不同，大斑完全地把她的心儿占据了。占得满满的，一晃就要往外流血。小贝不是小卡，小自尊小傲慢，都是她独自忧伤的理由。后来，老顽固又加入了嬉闹的队列，大斑照样没有拒绝。也许，大斑只是把小卡当成普通的朋友吧。小贝慰藉着自己的忧伤。大斑当然注意到了重度忧伤的小贝，他不知道她怎么了，他想让她像小卡和老顽固那样快乐，也吊在他的脖子上玩。他愿意和他在一起的每一个狗狗都快乐，尤其是小贝快乐显得更重要。他想去招呼她，可是一时又没想起招呼她的好办法。所以，尽管大斑把快乐带给了小卡和老顽固，大斑心里却是不快乐的。就因为小贝不快乐。

6

小贝妈妈又一次提出要退出遛狗队伍，她不想再见到那双四十六码的耐克鞋。它该在天堂上，不该在人间。在天堂上的它，是属于她的。在人间的它，却是别人的。因为不想见，所以要回避。小贝妈妈给出的公开理由是，她不会跳舞，也不想跳舞，和他们不是一致的了。

小卡妈妈和老顽固妈妈极力挽留，老顽固妈妈甚至说，我也不跳了，和你做个伴儿。小卡妈妈没有说放弃跳舞，而是又照例把老顽固妈妈骂了一顿，死娘们，你敢！看样子，非要让小卡妈妈在跳舞和小贝妈妈之间选择，小卡妈妈是决定要舍弃小贝妈妈的了。

我一来，小贝妈妈就想走，看来小贝妈妈是对我有意见了。好吧，以后我不和你们一起走了。大斑，咱们走了。大斑爸爸的两条长腿甩开了，真的加快了步子。

等等！

这是谁发出的声音？小贝妈妈看了看小卡妈妈，又看了看老顽固妈妈。却发现两个女人都在看着她。噢，原来，这声音是她发出的。怎么可能呢，她的心不是这样想的。她害怕大斑爸爸那双四十六码的大脚，害怕他脚上的耐克鞋。还害怕他的高大，他的帅气，他宽厚的笑容。她怕它们。它们仿佛是一只模具，一下子复制了两个男人。她是天堂上那个他的，和眼前的他没有任何瓜葛——小贝妈妈一遍一遍地坚定着自己。可是，让她难过和错愕的是，她失去了迅速离开眼前这个男人的那份决绝。亲，我在寻觅你的影子——她解释给天堂的他听。

大斑爸爸当然没有生小贝妈妈的气，他用宽厚的笑容接住小贝妈妈淡淡的歉意。在去广场这段几百米的路程中，不太善于主动找话题的大斑爸爸，话儿忽然就多了起来。他讲健康之道，讲低落的情绪对身体的损伤。小卡妈妈嘎嘎大笑，大斑爸，你看我像是容易情绪低落的人吗？老顽固妈妈也笑得哈哈的，她是在笑小卡妈妈，你快别自作多情了，人家又没说你。

我知道没说我，这不是提醒大斑爸了么，说点我爱听的。你总关心人家小贝妈妈，肯定动机不纯，小贝妈冰清玉洁的，有我在你们臭男人休想打坏主意。就趁拿把刀把你们一个个都阉了，省得你们再动女人的脑筋。

老顽固妈妈窃笑，她照顾了大斑爸爸的面子，不好说什么。

小贝妈妈闹了个红脸，这个该死的小卡妈妈。大斑爸爸不急，也没有恼，依旧宽厚地笑，照小卡妈妈这样说，说你爱听的，我就是想打你的主意了？

我抵抗力强，不怕你们臭男人！

您这架势，我看是臭男人怕你。

大斑爸爸和小卡妈妈一来一去地斗嘴，四条狗狗才不管呢。他们在忙着自己的事情。小卡彻底移情别恋了，她热烈地喜欢上了更加伟岸的大斑。她殷勤地绕着大斑跑动的同时，不忘了提防大斑接近小贝。老顽固借机和小贝亲近，他太想成功了，也太想做给负心的小卡看了。便用了蛮力对小贝，不再是君子式的鞍前马后，而是直接上了激情的拥抱。受了委屈的小贝要去抱妈妈的腿，要逃进妈妈的怀抱里。就在这时，大斑嗖地冲了过来，用魁伟的身子挡住了老顽固。他的不大的两片尖耳朵竖立着，愤怒地颤抖，一条细短的尾巴死死地夹进裆里。哼，吓唬谁呢。心里已经有底儿的老顽固，不相信大斑会动真格的。在他眼里，大斑不过是白白长了个大个而已。于是，老顽固义无反顾地，没有任何顾虑地愤怒了，他的愤怒比大斑的愤怒浓度增加了一千倍。在大斑进攻之前，老顽固来了个先发制人，黑缎子似的身子蹿起来，一嘴巴尖利的牙齿奔着大斑的脖子就下去了。出乎老顽固的意料，大斑并没有如老顽固所愿，一扑就定了胜负。大斑巨大的身子突然间变得灵活起来，利索地闪过了老顽固的扑咬，在老顽固的身子落在地上之前，让自己的花斑点身子飞起来，骑到老顽固

131

后背上。在周围所有的人和狗狗反应过来之前，老顽固鲜血淋淋了。"妈呀——"老顽固妈妈一声号叫，冲杀过来，对着咬红了眼睛的大斑又踢又打。老顽固妈妈的踢打，对大斑根本不起作用，落在大斑身上，不过是毛毛雨而已。

大斑爸爸，大斑要是把粽子咬死了，我非得把你们大斑给炖吃喽！

老顽固妈妈把大斑爸爸当成墙体了，一颗头在上边猛烈地撞击。大斑爸爸一边抵挡老顽固妈妈，一边拉扯大斑。此一时的大斑，完全六亲不认了，没有谁能阻止他的暴戾。小贝妈妈抱着小贝，小卡妈妈抱着小卡，退得远远的。小卡妈妈嘴巴里还大呼小叫，顽固妈，快躲开，别捣乱！

大斑身下的老顽固开始声嘶力竭地呼号，渐渐地，失去了声音，失去了反抗。不动了，沉寂了。

大斑也气喘吁吁地停了下来，他不会欺负一条不反抗的狗狗。

大斑，你真是气死我了！同样气喘吁吁的大斑爸爸，飞起一只四十六码耐克鞋的大脚，重重地踹在大斑的肚腹上。大斑巨大的身子趔趄了一下，险些倒地，但他很快平衡住了自己。低着眉顺着眼，一副知错后的懊悔模样。

大斑爸爸没有过多地责难大斑，收回飞出去的那一脚，赶紧查看老顽固伤情。

粽子，睁眼看看妈妈，粽子，粽子……

睁着眼儿呢，应该是没多大事儿吧？小卡妈妈也凑了过来。

都赖你，要不是你非得跳舞，我们也不至于吃这大的亏。粽子……

这咋赖上我了呢，又不是我让大斑咬的。咬两口就咬两口吧，破小狗哪那么容易死呢。

经过大斑爸爸一番检查，老顽固的生命并没有危险的迹象。不过，老顽固丧失了半片耳朵。

半片耳朵，那半片耳朵呢，找着了，得到医院给我们做嫁接手术——老顽固妈妈一只手臂搂着老顽固，另一只手臂去地上划拉，找寻狗儿子的半片耳朵。

让你爸爸给我们花嫁接费噢——泪渍未干的顽固妈妈，手不闲着，嘴巴也不闲着。

大斑，默默地面对着眼前的发生。眼神憨厚，且堪怜。

7

只剩下了小贝和老顽固。她和他跟在彼此妈妈的身后，寂寞而又忧伤地行走。小贝的忧伤里，有思念，有感动。她了解了大斑对她的在意，了解了大斑对她的呵护。他是为她才和老顽固发生战争的。她没有看错他，她对他的一见钟情是对的。今后，嗯，今后，不知道和大斑还有没有缘分。这样想着，小贝便忧伤得不行了，雪白的小身子靠在一棵白蜡树上，做一个短暂的休憩，好让自己有行走的力量。昨晚，她看见妈妈又捧着那个男人的照片流泪了，所以，她不想再让妈妈担心自己。尽管走得很虚弱，但她在努力坚持着。大便便，小便便，一样不拉地解决掉，告诉妈妈自己是多么正常。唯一庆幸的是，今晚，老顽固没有再纠缠他。或许是他受伤了，没有心情吧。

小贝想得不完全正确。老顽固损失了半片耳朵，换来了和小贝的独处，之所以对小贝亲近不起来，身上的伤不是最主要的原因。老顽固轻度焦虑了。明明大斑不在身边，却总是感觉到大斑随时要出现的样子。这种感觉像是一只柔软的小手，只要一想亲近小贝，小手就会押一下他那根生出亲近想法的神经。老顽固只得乖乖的，不敢轻举妄动。被迫的乖里，汹涌着愿望不得实现的郁闷。他的状态引得妈妈把对狗儿子的心疼转化成燃着的焰火，烧向大斑。

一个大老爷们，你老招呼他干啥，小卡妈看见男人咋就走不动道儿呢。

火焰直接烧到了小卡妈妈身上。小贝妈妈嘴上不说，心里也觉得小卡妈妈的确有些问题呢。还以为发生了昨晚的事情，大斑爸爸会带着大斑退出他们的队伍，一切会恢复成原来的样子。老顽固妈妈明确表态，不会再给大斑欺负老顽固的机会了。这就等于说他们母子和他们父子不会再在一起行走，或者在广场上跳舞。小卡妈妈见老顽固妈妈去意已定，就大咧咧地说，你和小贝妈遛狗去吧，我和大斑爸跳舞，还省得给我当电灯泡呢。小卡妈妈说到做到，真的弃了遛狗队伍，去和大斑爸跳舞了。这个小卡妈妈啊，小贝妈妈觉得，她的大咧咧这一回显得太做作了。一做作，就泄露了内心的秘密。她真的对大斑爸爸有了几分的喜欢吗？小贝妈妈倒吸了一口凉气儿，为什么小卡妈妈偏偏喜欢的是穿四十六码耐克鞋的男人呢？

就要进入广场了，人和音乐都清晰起来。两个女人不约而同地转了身子，往回走。老顽固妈妈不进广场，是因了她的狗儿子。她以为小贝妈妈不进广场，是因了她和狗儿子不进广场。她的内心一个小感动，就脱口而出，小卡妈妈不是啥好鸟，净背着你说你坏话儿，前些天还和我说有个老头开车送你呢。

小贝妈妈没有接顽固妈妈的话儿，她抬起头，伸手朝着天空摸了一把，呦，下雨了，下完这场雨就该是冬天了。

可不是么，真下雨了。粽子，快点走，要不一会儿下大了。

老顽固早惊恐地朝着妈妈扑过来，将两条前腿搭在妈妈身上，要妈妈抱。

小贝——小贝，妈妈也回头招呼小贝，却发现小贝并没有跟上来，依旧停留在广场的大门口。和小贝站在一起的是大斑。四只狗眼，含情脉脉地对视，所有的情话全系在摇动的两根尾巴上。大斑摇一下：我好想你，在这里等你好久了。小贝摇一下：我也好想你，以为今天看不到你了。大斑摇一下：他又欺负你了么，我好不放心。小贝摇一下：他没有欺负我，我很好。大斑摇一下：还是不放心，明天我去接你。小贝摇一下：也好，就这样定了。

怪不得我们粽子让我抱呢，又是你，大斑！

在小贝妈妈呼唤，以及老顽固妈妈的怒喝声中，一对有情狗狗准备分手了。秋天的最后一次落雨，一定是郁积了不良的情绪，刚开始还顾及着形象，举止尽量优雅着。一忽儿，便被坏情绪绑架了，披头散发地倾泻而来。广场上的音乐停止了，舞蹈者纷纷逃离了舞蹈的状态，大呼小叫地奔出广场。广场的大门儿承受不住大批量的排泄，疯狂的人群只好像一坨干燥的便便被塞住。憋得脸红脖子粗的大门儿，丹田用力暗暗使劲，"噗——"将人群喷射得四分五裂。

小贝妈妈怀里抱着小贝，不断被后边的人冲撞着，跑得歪歪扭扭。别摔了，慢点——一件阔大的外套罩在了小贝妈妈的头顶上。一转头，是大斑爸爸。

大斑爸，你真偏向，我这儿还浇着呢！

暴躁的冷雨乱了小卡妈妈一头红发，大斑爸爸罩在别的女人身上的外套，却是乱了小卡妈妈的心。前一个乱，让小卡妈妈瑟缩了脖颈以抵挡。后一个乱，让小卡妈妈生出怨怒来。是怨怒。怨，因大斑爸爸对他人的关切而起。怒，那件外套无论如何该罩在自己的身上。

怨怒隐藏在玩笑的话语里。玩笑的话语像一张包裹皮，裹着锋利的怨怒，小贝妈妈感觉到了寒气的侵袭。想着拒绝罩在头上的外套，但内心生出的小固执按住了她的想法。小贝妈妈任它罩在她的头上，为她遮风挡雨。她知道这个举动谁会不舒服，为什么一定要别人舒服了呢？所以，她任由自己固执了。

你身强力壮的，一时半会儿淋不坏。率领着大斑奔跑的男人将打开的手掌护在头上，和小卡妈妈开着玩笑。

可恶！小卡妈妈仿若吐一口痰那样，将这两个字重重地吐出来，摔在溅着水花儿的地上，又踏上一只脚，狠狠地跺了一下。不动了。

是的，小卡妈妈不动了。她淋在依旧暴躁的雨水里，将小卡罩在卡帕运动衣里，一动不动。丧失了形状的红发，委委屈屈地匍匐在额头上。

8

后来小贝想，大斑为什么要去她家楼道口等她呢？一定是他不放心她。

就是了。他担心老顽固再欺负她，所以，他要等她，守在她身边。那个晚上，和妈妈下楼时还在想，大斑有没有被雨淋病了呢？他说来接她，会吗？

昨夜的秋雨过后，天气骤然凉了许多，妈妈特意给小贝穿了一件薄外套。外套很温暖，但是无法抚慰小贝的焦躁心情。他会不会生病？他会不会来接她？这两个问题小蛇般轮番缠住小贝，让小贝生出一阵一阵的恐慌感来。每天，她都是跟在妈妈身后，妈妈走一级台阶，小贝走一级台阶。那晚的小贝却脚步匆匆了，她走在了妈妈的前边。

披在身上的阔大外套早已不在了，但小贝妈妈总是感觉它没有离去，像魂魄似的依旧附着在她瘦削的肩头。身子上一负重，步履便沉甸甸的了，看，连小贝都跑到前边去了。离开，必须离开。在走完全部的楼梯之前，小贝妈妈第 N 次地坚定着自己。他不是天堂的他，他是另外一个女人的。昨晚，她看到了一个撑伞的女人。街上所有的人都往家里跑，只有那个撑伞的女人往街上跑。撑伞的女人将手里的备用伞撑在大斑爸爸的头上。外套，大斑爸爸的外套——小贝妈妈将湿浸浸的阔大外套托在一只手臂上，递给撑伞的女人。撑伞的女人看了一眼小贝妈妈，哎哟，别淋病了。说着，手里的伞移到了小贝妈妈的头顶，自己的大半个身子却淋在雨水中。不用，马上就到了。撑伞的女人没有理会小贝妈妈的拒绝，继续为她撑着伞，把她和小贝送到楼下。分手时，小贝妈妈认真地看了一眼撑伞女人，女人不漂亮，却有一双温和的眼睛。她对着小贝妈妈温和地笑着。拥有那样温和笑容的女人，谁会忍心去伤害她呢？这样想着，小贝妈妈步履更加沉重了，她觉得自己已经在伤害撑伞的女人了。情绪便懊丧起来，狠狠地和自己生气。无论如何，要远离大斑爸爸，甚至决定要改变遛狗的方向，不再朝着舞蹈的广场而去。

刚出楼梯口，小贝的视线便与大斑对接了。

大斑，真的是你吗？

小贝，是我。真的是我啊。

一大一小两条狗切近了身子，用煽动的鼻翼，用温情的眼

138

神，互相传递着彼此的思念与牵挂。坠入爱河的小贝，确定了大斑对她的坚定，不再是犹抱琵琶，而是勇往直前了。爱，就要表达出来。

爸爸呢？小贝妈妈左右找寻大斑爸爸。看见大斑的等待，女人的心有些乱。她不希望看到大斑身后的爸爸，一点都不希望。她的心无比的坚定，没有什么力量可以改变它。幸好，只是发生在狗狗之间的等待。小贝妈妈的心稍稍地平静了，带着他们出了大门儿，把大斑还给大斑爸爸。

一向很乖的大斑不听爸爸的话，执意要和小贝在一起。事情变得有些复杂了：大斑要想和小贝在一起，大斑爸爸就必须和小贝妈妈在一起，而小贝妈妈明确表示了要更改路线，说广场的那条线路太过嘈杂了。那就只有大斑爸爸放弃跳舞，来达成大斑的心愿。大斑爸爸不去跳舞，遭到了小贝妈妈小卡妈妈老顽固妈妈三个女人的一致反对。小贝妈妈反对是因了不想和大斑爸爸在一起，小卡妈妈反对是因了想和大斑爸爸在一起，老顽固妈妈反对是因了她的老顽固不被大斑欺负。每个人反对的势头都是强烈的，大斑爸爸不得不对大斑发了脾气，咋这不听话呢，不要你了！

无可奈何的大斑只得服从了爸爸的意愿，一步三回头地与小贝作别，和兴高采烈的小卡一起，跟在家长的后边，去广场跳舞。大斑心里惦记着小贝，这是一件让小卡很愤怒的事情，按照她的脾性，该去仇恨小贝才对。尤其是想到他们在广场门口四目深情相对的样子，小卡恨不得把一副胃囊都呕吐出来。然而，小卡看到的结果是，和大斑在一起的，不是小贝，是她小卡。嗯，胜利的是她小卡。这个结局摧毁了小卡的愤怒，一路走一路站起身子抱着大斑的脖子亲昵，努力享受和大斑在一起的分分秒秒。

事情就出在大斑的执着上。大斑表面上屈从了家长的威严，然而，心中有主见的大斑，千方百计地寻找接近小贝的机会。他要亲眼看到小贝的完好，亲眼看到小贝迷人的黑眼睛。在爸爸跳舞时，他悄悄地溜走了。大斑溜走，小卡自然会有所动容，也尾随而去。小卡等待妈妈的位置空了，小卡妈妈张牙舞爪地嗔怪大斑爸爸，你们大斑把我们小卡带跑了，赶紧去找吧。

想把你们分开了还挺难——小贝听到了小卡妈妈说这句话。她不知道是什么意思，但她看到了小卡妈妈说这句话时，眼底游动着一丝让她恐惧的东西。那个时候，小卡妈妈就决定要做那件事情了。一定是。

一个多么残酷的事实。小贝知道大斑又会出现在她家的楼道口，快乐而又幸福的脚步往楼下冲，把妈妈远远地落在后边。她猜得一点都不错，威武阳光的大斑安静地守着楼道口，期盼的目光像一条毛茸茸的毯子，等着小贝踩上去。就要下最后一级台阶了，忽然一辆白色的小轿车驶过来，朝着大斑站立的位置撞过来。大斑一定认为院子里的车开得像蜗牛，丝毫破坏力都没有，是不会张开嘴巴咬上他一口的。因此，他全身心都在那个期盼里。这辆白色的小轿车大概是饿得太久了，对准不设防的大斑就扑了过来。一个利索的吞噬完成后，车子逃走了。

小贝来了个急刹车，她被幸福和快乐的惯性推了一个踉跄，险些栽倒在地上。她目睹了大斑被车子扑倒了，然后，车子开走了，大斑却没有能够站起来。她还看见，是的，她看见了，车子里的一颗爆炸头是那么熟悉。是小卡妈妈的。

9

很多问题小贝想不明白，比如，小卡妈妈杀害大斑的原因，是因为小卡喜欢大斑？她小贝喜欢大斑？大斑不喜欢小卡？人类的世界太复杂，她想不明白。想不明白就不想了，不管什么样的理由，小卡妈妈都不该杀害大斑。看哪，小卡妈妈真是坏透了，她一定以为不过是杀了一条狗狗，居然装着什么也没做的样子，和妈妈还有老顽固妈妈一起说笑。

让小贝从巨大悲恸中站起来的动力是，给她的大斑报仇。秋天的一场冷雨过了没几天，初冬的寒便大摇大摆地来了。寒的侵袭却对小贝无可奈何，这条被人类喻为深情伴侣的爱斯基摩犬，小胸腔内燃烧着一团复仇的火焰。五脏，乃至毛发，在焰火的炙烤下，发出吱吱的鸣叫声。

小贝听见大斑的名字，零星地出现在几个妈妈的嘴巴里。尤其是小卡妈妈，她说到大斑时，一脸的惋惜，好像大斑的死和她一点关系都没有。

吱吱的鸣叫声愈来愈强大，小贝不再顾及自己的形象，龇出来尖刺刺的牙齿，朝着小卡妈妈猛烈地扑咬。然而，让小贝绝望的是，她的利齿不但没能近了小卡妈妈的肌肤，反被小卡妈妈的脚窝了一个跟头。一边的小卡见小贝攻击自己的妈妈，也怒不可遏地上来帮妈妈。小贝妈妈忙着将小贝捡拾在怀里。小贝却不领妈妈的情，扭动着身子要下来，她要和小卡母女决一死战。

妈妈，是小卡妈妈害死了大斑啊。

小贝乖，咋了？妈妈听不懂小贝的话，只好用她温暖的怀抱平复小贝的情绪。

你们小贝吃错药了吧？一头红发的小卡妈妈嘎嘎地笑。

大斑爸爸从大斑出车祸，就没再出来跳舞。三个女人和三条狗似乎又恢复了之前的队列结构。小贝妈妈本不愿再次更改线路的，大斑爸爸今天不来跳舞，并不代表明天不来跳舞。等他来了再回避，显出了刻意就不好了。一向乖乖女的小贝不懂妈妈的心思，偏偏要走老路径，怎么都劝说不住，离了怀抱就往马路对面跑。也许，小贝不理解死亡的含义，想在广场上看到大斑吧。没想到养的狗狗也和自己同样的命运，小贝妈妈有些难过，便顺了小贝的心愿。

趴在妈妈怀里的小贝，悲哀渐渐占了上风，吱吱鸣叫的复仇火焰暂时弱了下来。凭借着自己的能力，给大斑报仇的希望是微乎其微的，刚才的小试牛刀，让小贝很清醒地认识到了这点。看来，要想想别的办法。

地上的小卡和老顽固，保持了一定距离的行走。不是小卡要和老顽固保持距离，是老顽固要和小卡保持距离。大斑死的那个晚上，小卡和老顽固虽然没有看到大斑死亡的过程，但后来他们都目睹了大斑躺在爸爸怀里的样子。大斑的头没有了形状，一只眼珠儿从眼眶里掉出来，在满是血污的毛发上滚动着。那个惊骇的晚上之后，他们再也没见到大斑。大斑，从他们的生活中消失了。难过是有的，心痛也是有的，小卡毕竟不是小贝，不死心眼，不为难自己。幸亏身边还有个老顽固，她曾经是他的女友，看在为他养儿育女的份上，他会原谅她的小背叛的。小卡想错了，老顽固并不打算再和小卡打情骂俏。老顽固有着自己的判断，一个三心二意的女友，才不值得他再有所眷顾呢。过去，他只喜欢小贝，往后，也只喜欢小贝。而且，保证不会再背着小贝偷鸡摸狗了。老顽固相信，大斑不在了，他早晚会打动小贝的。可是，小贝今天是怎么了呢？老顽固仰着头，一直担心着扎在妈妈怀里的小贝。间或，他的喉咙发出隆隆的咕噜声，这声音提示小贝，他在呢，他随时可以分担小贝的烦恼。

小贝接收到了老顽固发出的提示信息。忽然，她想到了一个办法。老顽固虽然不及大斑勇猛，但他也是充满力量的。力量，是这条男狗身上唯一可取的地方。她可以借助他的力量，实现她为大斑复仇的目的。这绝对是一个可操作性的计划，小贝在心里冷笑了一下。

到了广场，小卡妈妈拉着老顽固妈妈跳舞。小贝妈妈带着小贝沿着广场的环形跑道散步。和小贝没有和谐可能的小卡，等着跳舞的妈妈。照理，老顽固也该等在妈妈的一边才对，而他没有，他选择了陪伴小贝。老顽固太激动了，今天晚上，小贝主动向他示好。她朝他摇动起美丽的尾巴，一起来嘛！这一声招呼，老顽固等得太久了，他岂有不应和之理。

要循序渐进，不能操之过急。复仇把小贝变成了一个阴谋家，示好是初级，爱抚、亲昵等等肢体动作，是示好的升华版。在接下来的几天里，小贝顺利完成了它。在小贝营造的升华版的气氛里，老顽固幸福得一塌糊涂，恨不得像大斑那样死上一回两回。旁观的小卡是冷静的，她看出了小贝的别有用心，用身子碰撞老顽固，提醒他不要被小贝给迷惑了。真是一条不要脸的女狗！老顽固就差了像人类那样，将一口蔑视的唾液吐到小卡的脸上，然后骂一句：臭婊子！

你要敢欺负小卡，把你狗鸡给割掉喽！

你们小卡又找我们粽子办她呢，又不是没办过，是吧，粽子？

把顽固妈给能的，家里养的全是带把的。爷们儿办的都是外国大妞，赶明儿让你爷们儿把你们家狗儿子也带上，弄几个女洋狗办办。

回头把你也捎上，找个大老黑，别见天盯着人家大斑爸爸……人家大斑爸爸不稀罕你那样的。

稀罕你那样的？

更不稀罕我这样的。

144

……玩笑里好像又有小贝妈妈的份额了。小贝妈妈不准备再当听众了，她向两个女人发问：

你们是想说大斑爸爸稀罕我这样的吗？

她参与了她们。这是一句冒风险的话，小贝妈妈甚至做好了她们与她反目的准备。没想到，小贝妈妈的话产生了意外的喜剧效果，引发了两个女人的一场爆笑。是啊，一个看似不食人间烟火的女人，竟然主动加入了她们。这难道不是她们的胜利吗？

10

今天广场舞的伴奏乐是鸟叔的《江南 style》。很时尚的一首曲子，被人破坏成了万马奔腾式的混乱。可以原谅，跳舞的人第一天骑马么。

几乎在同一时刻，小贝妈妈小卡妈妈老顽固妈妈，以及小贝小卡老顽固怔住了。她们和他们吃惊地发现，大斑守在舞蹈队伍的一边，目光追随着队伍中的一个高高大大的男人——大斑爸爸。真的会有时光逆转发生吗？

很快，人和狗狗们觉出了不一样的地方。乍看，这个大斑和那个大斑相差无几，一身漂亮的花斑点，小耳朵，细尾巴。细细打量，区别就出来了。这个大斑比那个大斑形体要矮小一些，重要的是眼神，比大斑少了几分宽厚，多了些许的凌厉。或者，他是大斑一奶同胞的弟弟妹妹也是说不准的。

大斑——

小卡妈妈表现得比谁都谨慎，她细着嗓子讨好那只和大斑相似的斑点狗。

尽管斑点狗不是大斑，还是将目光移过来，漠然而机警地盯了一眼小卡妈妈。两只小耳朵做了一个抿的动作，意思是：你想干什么，再打搅我，可别怪我不客气了。

然后又将目光移到了跳舞的男人身上。

你不是大斑哪——小卡妈妈松弛了语气，招呼老顽固妈妈跳舞。自己先抢占了大斑爸爸身边的一个空位。

是啊，他不是她的大斑。大斑死了，被小卡妈妈杀死了。小贝伤心欲绝了。不，不能倒下，要化悲痛为复仇的力量。复仇。复仇。复仇！

是时候了！

小贝将尾巴紧紧地夹进裆里，一对黑眼睛撑得圆圆的。我的敌人就是你的敌人，对不对？她向老顽固发出诘问。

你的敌人就是我的敌人！老顽固也将一条尾巴夹进裆里，怒火很快就烧红了眼白儿。摆足了"谁敢和小贝过不去，我和他拼了"的架势。

绕行广场外圈一周是四百米。四百米后，浑然不觉的小贝妈妈，带着小贝和老顽固再次经过斑点狗等待的位置。同样浑然不觉的，还有小卡。此刻的小卡，正在做一件事情，她大概想和新斑点狗交朋友，就试探地接近他。新斑点狗却不买小卡的账，使用了厌烦的眼神斥责小卡的侵入。小卡一甩尾巴，切，牛气样，不就是长得像大斑嘛。

就是这时，小贝妈妈带着小贝和老顽固经过了他们。看着新斑点狗，小贝妈妈心里有些酸涩。大斑的宽厚，大斑的勇猛，大斑的痴情，是多么让人留恋啊。心里怀念着大斑，步子并没有停下来。全然没有注意到身后的小贝和老顽固。

一声凄厉的"啊——"

盖过了骑马舞的音乐，刺痛了人的耳膜。跳舞的人努力寻找，终于发现了一条大黑狗正在疯狂啃噬的肉骨头。哦不，不是肉骨头。是一个人，一个染着红头发的女人。

小卡妈妈。

狗疯了——有人大喊了一声。

尖叫声。凌乱的脚步声。救护车的鸣笛声。

11

广场上空无一人，音箱里还响着音乐。

踏着音乐的节奏，漂亮的爱斯基摩犬小贝，跳起了时尚的骑马舞。

偶尔，她会转头看一眼广场边上的某个位置。那里，大斑在等候着她。

他用柔情的眼光注视着她。在越来越寒冷的夜晚，他的眼光多么像一件暖意融融的外套，罩在她的身上，一直暖到心里。

——我跳得好看吗？

——好看极了。

洁白美丽的小身子，轻灵而曼妙的舞蹈，引来了一片雪花观望。两片雪花，三片雪花……

冬天的第一场雪来了。

我的影子丈夫

　　在那一刻，我的感动大过了悲伤。其实，我不知道自己是否真的悲伤过。但是我必须要用悲伤这个词，因为在包括我在内的所有人看来，我的丈夫就要逝去了这件事，无论如何都是一件值得悲伤的事情。既然如此，我只好遂人愿地悲伤着了。

　　一直深深爱着我的丈夫对我放心不下，不忍抛下我独自驾鹤西去。西去的鹤早已做好了飞翔的准备，却迟迟不肯张开它那两扇巨大的翅膀。

　　终于，我的丈夫说：开始吧。

　　这是我的丈夫留在人间的最后三个字。他用尽了最后的力气来说这三个字，使这三个字充满了力量，它们像三颗铁钉一样，穿过稠密的空气，刺透我的耳膜。我的头脑里充满了尖利的撞击声，这些撞击声使我全身的每一个细胞都涨满了疼痛感。我的丈夫的助手在我的丈夫说完"开始吧"后，开始了手术的操作。

另一张手术台上，是我的爱犬杰瑞。被麻醉了的杰瑞，安静地睡着，他完全不知道接下来要发生什么事情。所以，他毫无防备地沉醉地睡着。

我的丈夫的血管被打开了，鲜红的血液汩汩地奔涌出来，发出咝咝的声音。我不敢去看那些鲜红的东西，可是我身体的每一寸肌肤都能感受到它们。它们仿佛不是从我的丈夫的血管里流出来，而是从我的血管里流出来的，在咝咝声中，我的血管越来越空旷，越来越空旷，像长满了庄稼的田野，在不断地被人收割着。庄稼越来越少了，露出了褐色的土地，褐色的土地上爬满了孤寂和哀伤。我的血管承受不住逐渐强大的空旷，便在我的体内疯狂地抽搐着。我的手如果不是被我的丈夫死死地握着，我想它们两个会跳起舞来。

没有比这更残忍的事情。从紧握住我的那只手里，我明显感到我的丈夫的体温在一点一点地退去，从温热到冰凉。庄稼被收割完了，大地彻底地裸露了出来，褐色的脊背在我的眼前无限地放大，放大，再放大。我的眼睛再也抓不住眼前的我的丈夫的眼神，我不知道我的丈夫的眼神是何时凝固的，我的眼前只有成片的褐色。成片的褐色像织锦似的缠裹住我，把我带进一个温柔的巨大的空旷里……

我醒过来睁开眼睛时，我的杰瑞已经在我之前醒了过来。他的两个大眼睛哀哀地望着我。我可怜的杰瑞，被我丈夫的助手整整折腾了好几个小时。他没有选择，他没有权利说不。没有。就因为他是一只狗，他的力量不足以向人类抗衡，他没有拒绝的能力。我伸出软软的手臂，想要给我的杰瑞一丝安慰。当我的手臂就要在杰瑞的头顶上落下来，手指就要触到他褐色的毛发时，我的大脑对我的手臂叫了"暂停"。这个声音突然间就发了出来，像闪电一样的快，它吓到了我，我还没有做好接纳它的准备。我的五根手指就这样悬浮在杰瑞的头顶上，像一只机械手。

没错，我的杰瑞经过了这个手术后，他不再是原来的杰瑞了。他的身体里流动着我丈夫的血液。

我的杰瑞成了"混血赫迈拉"产品。

我的眼睛锥子似的穿透杰瑞眼睛里的哀伤，天啊，我看到了什么？在他眼睛的底层，有一团袅袅的雾气。这团雾气是我丈夫独有的。那是一团我永远琢磨不透的雾气。我的眼睛再尖利，也无法进入它，它的表面是虚幻的、柔软的，实际上它却是坚硬无比的。我丈夫的手术成功了，不，是我丈夫的愿望成功了。他虽是个医学博士，可他无法医治他的深度癌症的身躯。还因为他是医学博士，他留下了他的精神，留下了他的眼睛，留下了眼睛里的那团雾气。他的躯体不能守候着我，他把他的精神附在一只狗的身上，让一只狗来守候我。

我走在街上，后边跟着杰瑞。我的丈夫死了，我应该是哀伤的，于是，我尽我的最大努力，让我的脸上挂了浓重的哀伤。它们像一坨黑云似的笼罩我的面部表情。我小心翼翼地走着，小心翼翼地呼吸，我怕自己咳嗽一声，或者身体震动一下，脸上会有云块落下来。跟在我后边的杰瑞也是小心翼翼的。杰瑞明显和过去不一样了，我丈夫的血液在杰瑞的体内奔涌，杰瑞越来越呈现了我丈夫安静的一面。他不再像过去那样，在我一眨眼的工夫就跑走了，害得我在大街上"杰瑞、杰瑞"地喊个不停。有时候去买菜，怕他走丢了，我不得不抱着他。那条又窄又长的菜市街上卖菜的人，多数都认识我和杰瑞。世界上的人都在忙碌，只有我和杰瑞是有闲阶级，每天买菜逛菜摊算是我和杰瑞最忙的一件事了。我熟悉每一个菜摊，就像熟悉我自己一样，这个菜摊是我的鼻子，那个菜摊是我的眼睛，是我的骨头，是我的汗毛。街上的人都喊我杰瑞妈妈。如果哪天我自己去买菜了，卖菜的人就会问我，杰瑞妈妈，你家杰瑞呢？所有的人都知道杰瑞是一只淘气的狗，因为我经常光顾他们的菜摊，更因为杰瑞实在是一只漂亮的惹人怜爱的小东西，当杰瑞趁人不备时在某个菜摊前偶尔撒泡尿，菜摊的主人也不怎么和杰瑞计较。杰瑞的胆子在人们的不计较中一点一点地大了起来，他捕捉到了人类对他的纵容。有一次我在米店里买米，米店的老板给我称米，我忙着付钱时，杰瑞抬起腿，将一泡热尿撒在了米袋上。我对米店的老板说对不起，这袋米我全买了。米店的女老板嘻嘻地骂杰瑞，你个小坏蛋，再来尿看我不把你的狗鸡儿给揪下来。又嘻嘻地对我说，不碍事的，一会儿我换条米袋就行了。

街上的人都知道我的丈夫死了，所以他们不在意我不和他们打招呼。他们用同情的眼光看着我，看着我身后的杰瑞。人们的眼睛像水池一样，或深或浅的同情在水池里荡漾着，闪着粼粼的光泽。那些光泽是闪给我看的。我偏偏不去看它们，冷落它们。我和杰瑞走过一个一个的菜摊，走过一个一个的米店。我听到有人在说杰瑞。连狗都成精了，家里死了男主人，他都知道跟着难过呢。哎，杰瑞说不定是替杰瑞妈妈难过呢，这么年轻就守了寡，连个孩子都没有，怪可怜见的呢。我听到了人们的议论，杰瑞也听到了。杰瑞把尾巴更低地垂了下来，夹在两条后腿里，头往前探着，也是低垂着，仿佛那颗头随时都会滚落下来。

又到了卖牛杂碎的黑脸男人跟前。黑脸男人本来是袖着手坐在他的摊位前的，两只眼睛看着过往的行人，一副想把每一个行人都装进他的眼睛，却一个也装不进去的样子。他的眼神看上去像冻僵的兔子，少了几分活泼。忽然，我和杰瑞就出现在了他的视线之内。黑脸男人的眼神春天般地温暖起来，两只粗大有力的黑手迅速地从袖管里分离开来，一只手抓起一把牛杂碎，说，来，过来，杰瑞。他把牛杂碎撒在他的脚下，期待杰瑞重复以往的动作，伸展开褐色的漂亮的小身子，把四条腿奔跑成千条腿、万条腿，把小小的身子下边跑成一个挂满腿的屏障。那是一个密实的屏障，风雨都透不过来。然后，跑到黑脸男人脚下的杰瑞，香甜地吞噬着那些牛杂碎。黑脸男人憨憨地对着杰瑞笑着，好像在他脚下的不是杰瑞而是他的儿子。他对着杰瑞笑的时候，不时地拿眼偷偷地瞄我两下，每瞄我一次，便会有一丝红晕爬上他的黑脸。那些红晕刚刚爬上他的黑脸，很快便被无穷的黑色给吞没了。过了一会儿，他在黑色的掩护下，又偷偷地瞄了我两眼。黑脸男人从来不说什么，也从来不做什么，更从来不问什么。他最大的快乐就是在他的脚下撒上一把牛杂碎，让杰瑞跑向他，然后偷偷地瞄上我几眼。今天的杰瑞却不了。面对黑脸男人脚下的牛杂碎，杰瑞无动于衷了，他不再把他的四只脚跑成一扇风雨不透的屏障。黑脸男人有些局促起来，他的两只大手不知道放在哪里才好，放进袖管里，又出来，刚出来，又放进袖筒里。我有些同情黑脸男人了，对杰瑞说，杰瑞，来吃牛杂碎呀。杰瑞依旧丝毫没有吃牛杂碎的意思，他抬起头，看了看我，满眼的坚定。黑脸男人脚边的牛杂碎显得有些孤独，还有些尴尬。为了掩盖它们的尴尬，只好瑟缩着尽量无声地撒落着。杰瑞！我低低地叫了一声，蹲在黑脸男人的脚边，捡拾着那些孤独的牛杂碎。黑脸男人见状，慌忙地弯下腰，说，我来捡，我来捡，别脏了您的手。这是他第一次跟我说话，声音很好听，很厚，很醇。慌乱的粗手指忙着捡拾地上的牛杂碎。我的手指刚刚捏住一块牛杂碎，就和慌乱的手指碰在一起了。慌乱的手指像触电似的弹到了一边。我用眼角的余光看到，黑脸男人的脸上飘着大朵大朵的红云。

终于捡完了牛杂碎，我说，杰瑞，走吧。

杰瑞却不走。他用眼睛看着黑脸男人。在他的眼底，一团雾气慢慢地升腾起来。那团雾气慢慢地，慢慢地凝成一把剑。我的心不由得狠狠地抽搐了一下。

这时，一个声音在叫，杰瑞，杰瑞。是个女人的声音。

召唤杰瑞的胖女人站在她的店门口。她身边的小广告牌子上写着"新到超薄大颗粒狼一号"。怎么又到了胖女人的门口呢？我不太喜欢眼前的这个胖得出奇的老女人，屁股圆圆，奶子圆圆，脑袋圆圆，鼻头圆圆，哪里都是圆圆的，偏偏长了一双鹰眼。每次我和杰瑞经过她的小店，我全身的肌肉都紧巴巴地疼，不用看，肯定是又被胖女人的鹰眼给叼住了。女人的两只鹰眼蚂蟥似的往我的肉里钻，从小到大我最怕蚂蟥了，如果不是非要走过女人的小店，我绝对不会走近它。被蚂蟥钻的感觉，一半是疼痛，一半是恐惧。每次都需要很长时间的拍打后，我身上的毛孔才逐渐地合拢，否则它们就那样带着疼痛和惊恐的表情张开着。有时甚至需要我的丈夫来帮我拍打，我丈夫说又怎么了？我说蚂蟥钻进去了，快帮忙呀。我丈夫就笑，傻孩子，我就是大蚂蟥，一会儿我就钻进去。我扭着身子，你钻你钻，你有那个本事吗？

我丈夫忽然就沉默了。我知道是我说错话了，我的话刺激了我丈夫。我丈夫没有蚂蟥的本事，他钻不进我的体内。很多个夜晚，我年轻的躯体里欲望蓬蓬勃勃地生长着，从一颗幼苗长成参天大树。我的欲望要结果，要打子，结果和打子的过程要我丈夫来帮我完成。我的欲望大声地唤着我丈夫，你来，快来呀，我要结子呀，我要打子呀。我欲望的嗓子快要喊哑时，我丈夫扛来了一柄大铲，大铲的刃锋利无比，只一下子，便齐刷刷地放倒了

155

我的欲望之树。我丈夫放倒了我的欲望之树，他害怕它生长，所以他要铲除它。它一次次生长，他就一次次地铲除。暗夜遮住了我丈夫的自责，遮住了我丈夫的内疚。他有过内疚和自责吗？夜色太重了，我读不到。我会听到我丈夫说，来，傻孩子，睡吧。

我躺在我丈夫的臂弯里，蜷起身子，像一条蚂蟥似的睡去。心却醒着。

因为心醒着，我听见我丈夫起来，从放在床头柜的黑皮包里掏出一包东西，然后将那包东西放进床头的暗格子里。

我知道我丈夫在放什么东西。床头柜里已经满满的了，"狼一号、狼二号、狼三号"，里边充满了狼的气味，狼的力量。千百条的狼在柜子里冲撞着，撕咬着。我的心发出一个讥讽的笑来。我丈夫傍晚下班，肯定又去胖女人的小店了。胖女人看见我的丈夫一定会把鹰眼笑成两朵狗尾巴花，一边给我丈夫拿狼几号，一边向我丈夫放骚气，酸不拉唧地说，您的身子骨真好，又用完了？您得悠着点，就您那个娇娇嫩嫩的小媳妇受得了吗？胖女人扭了扭肥硕的大屁股，她希望我丈夫能注意到她的大屁股，最好是在她的大屁股上掐上一把。可我丈夫不会那样做，他是个文明的人，是个有知识的人，是个医学博士，他怎么能做出那样下流的动作呢？

我丈夫知道那条街上的人是熟悉我和杰瑞的，所以我丈夫选中胖女人的小店。他要让街上的人都知道他是我丈夫，知道是我丈夫的这个男人是多么行。比他小二十岁的年轻的妻子是多么

"性福"。

杰瑞！胖女人又喊了一声。

我看见我的杰瑞抬起前爪朝胖女人晃了晃。他在和她打招呼。嘻嘻，胖女人突然爆出一阵怪笑，表面上她是被杰瑞逗笑的，她的笑是顺理成章的。我知道，她的笑幸灾乐祸极了。她早就想这样笑了。她，终于等到了这一天。

很显然，杰瑞不太喜欢女人如此的做派，在迎住女人的笑时，他的眼里露出深刻的厌恶和鄙夷。

我甚至听到他鼻孔里发出一声重重的"哼"。只有我能听到。别人即使听到了，也不认为那是一只狗可以发出的带有某种意义的哼声，那不过是近似于人类发出的哼声罢了。是没有任何意义没有任何目的的"类哼声"。

我带着杰瑞在街上转了将近两个小时。两个小时内，杰瑞没拉也没尿。偶尔，杰瑞会停下来，用鼻子嗅着街上的某一块土地，某一片树皮。某一块土地和某一块树皮上，残留着杰瑞的尿臊味道。他熟悉它们，喜欢它们，在被我丈夫变成"混血赫迈拉"之前，他会抬起后腿再把新鲜的尿液洒上去。现在的杰瑞只是闻闻，并且闻的动作是在瞬间完成的。他不好意思长时间地停留在散发着他尿臊的地方。我没有明白杰瑞的意思，还是情不自禁地把他当成一只狗来看待，没完没了地在街上溜杰瑞，直到溜出他的大小便为止。杰瑞到底挺不住了，他就要大便或者小便了。他用尖利的牙齿咬住我的裤脚，往家的方向拉我拽我。我那时真的没反应过来杰瑞要干什么，我的头脑有点麻木，无论哪一件事情都不能根据它的迹象来推测和判断，只有当它发生了才会明白。也许我早就不用大脑来思索问题了，闲置太久它就麻木了。我是在被动地跟着杰瑞往家里走了。

对了，往家里走时碰上了漂亮的女狗丽丽。快长成大姑娘的丽丽越发地漂亮了，眼光颇高的杰瑞对丽丽是一见倾心，二见倾心，三见还是倾心。他爱上了丽丽，从小就爱上了。用句时髦的话就是"你是我从小就爱上的那个女孩"。杰瑞在等丽丽长大。丽丽也在努力地成长，等待杰瑞把她变成一个真正的女人。丽丽被主人牵着从我和杰瑞的身边走过。杰瑞却一心一意地忙着拉我，没有顾及丽丽，没有像以往那样扑过去，用他坚实的额头去碰触她雪白的娇俏的胴体。走过了很远，丽丽还在把视线对着杰瑞，两只美丽的眼睛里盈满了被忽略的感伤。

我刚刚把门打开，杰瑞就蹿向了卫生间。他褐色的小身子一跃，跳上了马桶，狗鸡鸡沉甸甸地垂了下来，一股尿液喷薄而出。此刻的杰瑞真是舒服极了，小腿轻轻地颤动着，为哗哗声打着拍子，满脸满目的舒坦。他的小肚皮还一鼓一鼓的，尿液的流量就在他的小肚皮一鼓一瘪间或大或小，小腿们的颤动也随着尿量的大小或急切或舒缓。那是杰瑞在撒尿吗？

我惊愕着。

杰瑞的一泡尿足足尿了十分钟。

暗夜渐渐地袭来，厚厚的像棉被一样裹住我。我的呼吸越来越急促，眼睛盯着电视屏幕上晃来晃去的人影，两只手不停地在身上撕扯着。我想掀掉身上厚重的棉被，可是棉被像是被施了咒语，我越是撕扯，它越是比原来更紧地裹住我。我快要不能呼吸了。于是，我站起来，在我丈夫给我留下的一百四十平方米的大房子里背着手走了几圈儿，然后我决定正大光明地去做一件事情。再然后，我理直气壮地坐在了电脑桌前。

　　坐在电脑桌前的我，感到从未有过的放松。我的手指一边唱着快乐的歌一边灵巧地移动着鼠标，蓝色的光电鼠标被快乐的手指感染着，也吱吱地唱着快乐的歌，一副要快乐成一只真老鼠的模样。打开新浪网。打开一个带视频和语聊的网页。一个征婚栏目劫获了我的好奇心。一个三十多岁的女人在对着耳麦滔滔不绝地说着什么，她说话的语速太快，我听不清她在说什么。我猜女人一定是在说着自己的条件以及她的择偶条件。不断地有人在屏幕上打出"你真漂亮嫁给我吧"之类的话，我也打了一句这类话，打的时候心里却说其实你一点也不漂亮。时间到了，一个新鲜的面孔又出现在视频上，也是很快的语速。想了想，我明白了，每个人的发言是有时间限制的，所以每个人都想在有限的时间里多推销一下自己。还算年轻的面孔们像粘贴似的，不断地被撕下，不断地被贴上。猛的，我的眼睛仿佛被什么东西刺了，恶狠狠地疼痛起来。——是新贴上来的一张面孔。

　　我抬起嗓音突然暗哑了的手指，揉了揉眼睛。天啊，那张面孔不就是我的丈夫吗？一样的眼睛，一样的神态，一样的……一样的什么呢？我的那颗沐浴在春风里的心一下子落入了冰窖，巨大的温差使得它缩紧，再缩紧。我的心缩成了一颗冰粒。我站起身来，急切地想做出一个动作，可是，一时间，我却忘了到底该做哪个动作。急。急。我的头一阵眩晕。

丁零……门铃响。是我丈夫回来了，我的手麻利地关掉那个视频征婚网站，换上一个新闻网页。这个动作就是我几秒钟前最想做的那个动作。一着急我把它忘了，是门铃声唤起了我的记忆。和我的手一起动起来的是我的脸，它在最短的时间里换上了一副若无其事的表情。我丈夫不喜欢我上聊天网站，当然肯定也不会喜欢我上征婚网站。我丈夫总说我太单纯，让我不要去网上聊什么天，上网聊天搞什么网恋，纯粹就是骗人的。我丈夫在和我说这些话时，他眼底的雾气凝成很尖锐的利器，它们隔着我丈夫的眼睛刺向我。我怕。因而，只要门铃一响，只要我丈夫一回来，我必须停止……

我带着若无其事的表情，脸上甚至还有些笑意，去开门了。我丈夫身上带着钥匙，却每次都要我去给他开门。他会在敞开的门口叭地给我一个响吻，说，小乖乖，想老乖乖了吗？

门开了，没有响吻送上来。收水费的老阿姨夹着包，面孔冷冷地站在门口。

送走了收水费的老阿姨，我坐在椅子上认真地想了一些事情。想着想着，我笑出了声。怎么会是我丈夫呢？我丈夫已经死了。

再次打开刚才的那个征婚的网站，我丈夫正在视频上对着大家说再见，因为他的时间到了。在他的头像被揭下之前，我很深地看了"我丈夫"一眼。他的眼神和神态的确很像我的丈夫，但是他的脸明显要比我丈夫瘦，年龄也要比我丈夫大，看上去快六十岁的样子。他不是我丈夫。是我自己吓到了我自己。

半夜两点的时候，我被尿憋醒了。我睁开眼睛——在暗夜中看到了什么？杰瑞的两只眼睛。它们明亮地对着我，像两盏灯一样发着夺目的光彩。它们是威风凛凛的。它们是居高临下的。我突然想起了什么，光着脚跳下床跑到电脑跟前，开机。电脑没有任何反应。是杰瑞，是他，是他故意弄坏了我的电脑。

你这个该死的东西！我放开喉咙大声地咒骂着。我的咒骂是痛快淋漓的，是毫无顾忌的。我像农村的泼妇那样用下流肮脏的语言咒骂着我的丈夫。我丈夫临死时带给我的一丝感动早就消失得无影无踪了。他哪里是要陪伴我，分明是不放心我，这个残忍的家伙，为了监督我，居然把杰瑞变成一只"混血赫迈拉"。你这个无耻的家伙，看着吧，从现在起，我再也不受你的控制了，我要向你宣战！我的唾液飞成一帘瀑布，挂在我和杰瑞之间，它使我无法看清杰瑞的面部表情。我却看见了自己的泪水。我在说向我丈夫宣战的时候，我流泪了。

我的泪水坚硬地砸在我的嘴巴里，火辣辣地疼。

第二天，我用一条拴狗的链子牵着杰瑞，手里拿着一包东西下了楼。太阳把充足的光线拉长再拉长，慈祥地抚摸着我手里的大包。和阳光一起抚摸我手里大包的是街上人们的眼睛。一双一双的眼睛抚摸着它。人们故意矜持地不问我，因为我刚死了丈夫。我也故意不说，只是把手里的大包提到更醒目的位置，让街上所有的眼睛都来抚摸它，关注它。

　　我拎着大包，牵着我的杰瑞走在人们用视线织成的柔软的通道上。走进门口放着"新到狼一号超薄大颗粒"牌子的小店里。将大包放在柜台上时，胖女人说，我们这里不是废品收购站。我没有看她，几根手指灵巧地将大包打开，说，我丈夫临终前交代，让我把它们还给你。大包的皮瘫软了，里边的东西裸露出来。雄性的狼的味道太过浓烈了，胖女人的鼻黏膜受了刺激，张开猩红的大口，送出一个响亮的大喷嚏。

　　女人的口气里涨满了虚假的同情，她说，啧，你还是把我这儿当成了废品站了不是？

　　你见过卖废品不要钱的吗？我依旧不去看女人。我知道她此刻肯定是快乐极了。为了打击杰瑞，不，我又说错了，是为了打击我丈夫，我愿意让这个蠢女人快乐起来。我的心里无比的舒服，无比的明朗。因为我发现我这一手的确击中了我丈夫的要害。杰瑞的尾巴努力地夹在裆里，仿佛夹在他裆里的不是一条尾巴，而是他的所有的羞耻，所有的沮丧。

　　我牵着杰瑞往回走了。或许用拽更准确些。深度的沮丧，深度的羞耻使得杰瑞几乎丧失了行走的能力。他像极了一个刚被阉割了的小太监。

又来到卖牛杂的黑脸男人跟前。我停下来。手里的链子和杰瑞也停下来。

黑脸男人把手伸到牛杂上打算抓起一把牛杂给杰瑞，我对他说，师傅，不用了，这两天我们杰瑞胃口不太好。他抬起头来看了我一眼。出乎他意料的是，他看到了我满脸灿烂而又迷人的笑，还有我的一双烫人的眼睛。也许是我眼睛的温度太高了，它们灼伤了他。黑脸男人的身上散发着一股焦煳的气味。于是，我的笑更加地动人起来。

杰瑞的尾巴仍旧紧紧地夹在裆下。我的动人的笑，黑脸男人身上散发的焦煳味好像离他很遥远，很遥远。我希望他拿出仇视的目光来对着黑脸男人，把他眼底的雾气再凝成两把利剑，嗖嗖地射向黑脸男人。最好是冷不防地蹿上去，对准黑脸男人的两只裸露的黑脚狠狠地咬上几口。杰瑞没有。他什么都没有做。我看不见他的任何的表情。他的头始终不曾抬起来一下。

我的脸在动人地笑着，心里却有些失望。

杰瑞拒绝吃东西了。他不吃也不喝，不喝也不吃。

他决定选择死亡了吗？那好，我就成全他。

整整两天，杰瑞躺在床上，躺在我丈夫睡觉的那个位置上。他的眼睛合着，我不知道他到底是睡着还是醒着。他累了，需要休息了。

是的，我丈夫活着的时候太累了。他一生研究的课题就是
"混血赫迈拉"。他的病就是累出来的。他把人类的肝脏移植到绵
羊的身上，把人类的脑细胞移植到老鼠的身上。一次又一次的移
植，一次又一次的失败。他没有制造出让他满意的"混血赫迈
拉"产品。

最后一次，我丈夫成功了。可惜，我丈夫永远也无法跳出杰
瑞的身体，以旁观者的角度来观看他的成功的作品了。他无法享
受成功带给他的喜悦。

累了。睡吧。

在杰瑞睡着（也许是醒着）的时间里，我彻底地解放了。轻
松地读书，轻松地上网，轻松地在网上和陌生的人交流。有时
候，我会快乐地笑出声来。我知道我的笑很是夸张，然而，它并
没有引起杰瑞的任何反应。没有愤怒，没有蔑视。他睡着了。不
吃不喝不拉不尿，更不会在深更半夜故意弄坏我的电脑。他安静
得像个襁褓中的小婴儿，房子像个巨大的子宫，尽管是松松垮垮
地拥着他太过小的身躯，却一点也不影响他的安静。

到第五天时，我开始于心不忍了。做了一些杰瑞爱吃的饭
菜，端到他的嘴边，柔声说，杰瑞，起来，吃点东西吧，乖。

杰瑞一动不动。我依旧不知道他是睡着还是醒着。他的小肚
皮一起一伏，证明他是在呼吸的。

杰瑞——

博士——我喊着我丈夫的名字。我丈夫生前，我就是这样喊他，他让我这样喊他，他喜欢我这样喊他。我一喊他博士，我丈夫就嘿嘿地笑。虽然他的笑听起来让我不是很舒服。

无效。杰瑞的眼皮哪怕是颤动一下，这样细小的动作都没有。

他真的选择死亡了。上一次是死亡选择了我丈夫，而这一次，是我丈夫在选择死亡了。恨意又慢慢地爬上我的心头，它长了许多的脚，在我的心上踩踏着。我无声地咒骂我丈夫，你这个该死的东西，你有权利选择死亡，可是，你不是你自己呀，你要杰瑞和你一起死去吗？你太可恨了，是不是你在把我的杰瑞变成"混血赫迈拉"之时，我的杰瑞就已经死去了呢?!

到第七天的时候，我已经不抱任何的希望了。

拉开厚重的窗帘，打开窗子，让早上的阳光透进来。

街上混合的气味从窗口扑了进来。我仔细地分辨着。新鲜的车体味，新鲜的人体味，新鲜的花体味。因为新鲜，它们好闻极了。睡了一夜的绒树，打了一个长长的哈欠，舒展开每一片叶子，见我在看着它，有点羞怯地耸了耸肩膀。满树的绒花都跟着抖动起来。有一朵绒花飘飘荡荡地坠落下来。我把手伸出窗子，想接住它。

绒花刚刚坠在地上，一只手就把它捡拾起来。是丽丽的女主人。丽丽充满青春气息地跟在女主人的身后。

又有一种新的气味飘进我的窗子。我一时分辨不出它是什么味道，待在那里痴想着。这是什么味道呢？它像一枚熟透了的果子，芬芳，诱人，让人忍不住张开嘴巴，想贪贪地咬上一大口。

突然，床上的杰瑞有了动静。他的小鼻子先是一下一下地抽动，接着，抽动的频率加快，他在努力把什么东西吸入他的肺腑。再接着，他睁开了眼睛。睁开了眼睛的杰瑞并没有停止抽动。他的前方宛如有一股什么力量，这股力量牵引着杰瑞。杰瑞在寻找的那股力量真的让杰瑞充满了力量，他一跃，跳上了窗台。

杰瑞大口大口地呼吸着。陶醉地呼吸着。他的口中发出男性的召唤声。

丽丽也发现了杰瑞，她兴奋地抬起前爪和杰瑞打着招呼。

杰瑞汪汪地朝丽丽叫着，他的眼睛湿润润的，眼底没有了那团雾气，清澈澈的，是一眼望不到尽头的深情。

杰瑞，快走——我的声音居然跑调了。

杰瑞不动，死死地扒住窗口。

我带你去找丽丽——

我听见一个声音在大喊。房顶上的一只小壁虎受了惊吓，轰然跌落下来。

我什么也没看见

我想，我肯定是喜欢上她了。

因为喜欢，我有些恨我自己，恨我自己为什么没有早一些喜欢上她。她，在我喜欢上她之前就在我们村里了，我竟然浪费了一大段的时间。所以，我要加倍地喜欢她，把以前浪费的时间给弥补过来。为了她，我开始逃课。

每天背着书包去上学，我总是先绕到生产队的大场院上看一看，看看知青们是否又在排练样板戏。只要是在排练样板戏，她肯定是主角，肯定是演李铁梅。我不知道她的名字叫什么，只听其他的知青喊她小张子，队上的人也跟着知青喊她小张子。小张子的叫法太普通，一点也不好听，像她那样一个出众美丽的女人应该有一个更好的称呼。为了把她从普通的女人堆儿里剥离出来，为了和她的出色更协调，我管她叫李铁梅。她不是戏里的李铁梅，是戏外的李铁梅，是我一个人的李铁梅。戏外的李铁梅凭着戏里的李铁梅，牢牢地吸引了我，征服了我。有时候，我甚至分不清楚，哪一个是戏外的李铁梅，哪一个是戏里的李铁梅。两只黑洞洞的眸子，看似清澈，却又是深不见底，像村头的那眼深井。你被它吸引，想多看它几眼，必须站稳脚跟牢牢地扒住井沿儿，才不至于使自己坠落下去。分不清戏里戏外的李铁梅是精彩绝伦的。为了我的李铁梅，我逃几节课算什么。和李铁梅比起来，挨老师的鞭打和罚站实在是微小的，不值得一提。

我，一个十岁的少年，不可救药地爱上了李铁梅。李铁梅是我唯一真正爱过的女人，也是我唯一使用过爱字的女人。我把我的爱给了李铁梅，以至于在我以后的人生中，我拒绝对任何女人使用爱这个字。一个爱我很深的女人曾哭着对我说，小虫子，求你了，说爱我。我搂住爱我的女人，泪水流了满脸，说，我爱的是李铁梅。

由于我的父亲是队长，所以，我只能借助一些物体掩住我的身子，不让我的父亲发现我在逃课。终于有一天，我的班主任捏住我的脖子，像捏一条真正的虫子一样，把我从遮掩体后边捏出来，甩在众目睽睽的场院上。我的父亲飞起一只大脚，正踹在我的屁股上。我的难堪和羞涩盖过了我的疼痛，恨不得土地裂开一条缝隙，让我的躯体、我的难堪和羞涩一起消失在裂缝中。一只柔软的手拉起了我这条正在寻找地缝的虫子。天啊，把我拉起来的人居然是她，是我深爱的女人李铁梅。我幸福的眼泪在顷刻间汹涌而出。李铁梅帮我擦着眼泪，用几乎可以把我融化掉的口气说，这么漂亮的男孩子，一哭就不好看了，看，把脸都哭成小花猫了。我的泪水却怎么也停不下来。我太幸福了，太感动了，一时找不到表现幸福和感动的更好的方法，我只好用流泪来表达突然而至的幸福感。

恨往往因为爱而生。当然不是恨我的李铁梅。

放学后，牵着家里的羊去渠边吃草。放羊绝对是一件枯燥的事情，留着一把白胡子的老羊一点也不体谅我的心情，嗅着渠边丛生的杂草，挑来拣去，就是不肯一鼓作气地让瘪肚皮鼓胀起来。渠对面，是一眼看不到尽头的麦田，想要知道它的全貌，必须还要看上第二眼、第三眼，甚至第十眼。那些饱胀得已经灌满了浆水的麦穗子让我的某种欲望生长起来，生长着的某种欲望支配着我的腿。然而，当我的两条腿正在渠边徘徊，寻找着跨到渠那边的最佳点时，我发现了一个现象。它让我暂时地停止了跨越。一片麦子没有任何来由地在疯狂地抖动，它们好像突然遭遇了什么，剧烈地颤抖，接着，保持着颤抖的姿态倒伏下去。这一丛刚刚倒下去，紧挨着它们的另外一丛又开始新一轮的颤抖，新一轮的倒伏。绝对不是风。没有风的痕迹。麦子究竟遭遇了什么？难道是闹鬼了？我的两条腿有些发软，不争气得像麦子一样颤抖起来。甚至不是很男人地想，我身边的羊要是一条狗该有多好，或者能给我壮一壮胆量。我完全可以牵着我的羊，或是干脆弃了我的羊，一个人狂奔而去。可我没有动。我想看清楚那些麦子颤抖和倒伏下去的真正原因，更重要的一点，我有点不好意思承认，那就是我不敢贸然离去，我怕我弄出的声音会打搅了让麦子颤抖的某种力量，让它发现了我。它会让我和麦子一样颤抖着倒下去。因而，我目睹了大片的麦子颤抖倒伏的过程。它们倒伏下去，就再也没有站起来，留下一大段的空白，面对着越来越暗的天空。终于，不再有新的麦子颤抖，不再有新的麦子倒下去。颤抖和倒伏停止了。是一小段的静止。

打破一小段静止的，是一个人。一个人从那段麦子的空白处长了出来。从土地里长出来的人是无根的，是会行走的。他很快地穿过麦子的空白，融进齐胸的麦田里，向东方而去。我认识那个人。他不是从地里长出来的，他是李玉河，和李铁梅一起唱戏的那个白面男人。原来不是鬼给麦子施法，是这个男人在搞鬼。他肯定是在搞破坏，亏得我父亲还一直重用他。我的拳头暗暗地攥紧了，看着吧，我一定要揭发他。这个男人，我早看他不顺眼了，唱戏的时候，总和我的李铁梅眉来眼去的，什么东西。在我就要愤恨地牵着我的羊离去时，忽然，那片麦地的空白处又长出一个人来。并且，长出的不是别人，是我的李铁梅。

事实竟是如此残酷。李玉河对李铁梅做了什么？李铁梅是不是也像那些麦子，失去了反抗能力，只好在强大的力量面前，颤抖着倒伏下去。是不是？

当李铁梅从容地穿过麦地的空白，融进麦芒刚好能触摸到她挺拔的双乳的麦田里时，我在李铁梅的身上捕捉到一种气息。我多么希望这种气息和委屈和悲愤有关，然而，令我失望的是，它和这些情绪一点关系都没有。李铁梅身上散发着一股幸福、快乐、满足汇在一起的气息。仔细地辨别，还有几分羞涩，隐匿在幸福和快乐的身后。出乎我意料的情绪无情地击伤了我。这些情绪表明，李铁梅和颤抖着倒伏下去的麦子是有本质的区别的。她是自愿颤抖的，也是自愿倒伏下去的。为那个戏里的李玉河。

这头该死的老羊，它竟然还没有填饱肚子。老羊的两片嘴唇分别向上向下掀起，两排齐整的大牙朝一束看上去鲜嫩的草伸去时，我手里的羊鞭子咻咻地叫着，把那束草抽成了粉末。一向温顺的老羊突然被激怒了，头一低，举着两只尖利的角冲杀过来。我灵巧地闪过，手里的鞭子以从未有过的凶狠扑向老羊。老羊仿佛在顷刻间变成了老狼，狡诈地快速地接近我，使我的鞭子无法发挥作用，然后再勇猛地毫无怜悯之意地把我撞倒。连着跌了两三个屁股墩之后，我开始节节败退，疯狂地朝家跑去。老羊真是有了狼性，竟然穷追不舍，一直把我追到院子里，吃了我父亲一棍子，才喘息着恢复了羊性。

都是李玉河惹的祸。在短短的时间内，他不但掠去了我心爱的李铁梅，还让我惨遭老羊的欺凌。此仇不报，我还算是一个顶天立地的男人吗？

就在我想着怎样报复李玉河，怎样拉开一场两个男人之间战争的序幕时，有一件事情先发生了。

171

我的父亲和队里的社员们都发现了那片麦田的空白。经过仔细的勘察，我的父亲认定，那大片麦田的空白绝对不是牲畜所为，而是有人在蓄意搞破坏。我多么希望那片麦田的空白和李铁梅没有一点关系，那样，我就可以理直气壮地去我父亲那里告发李玉河，让他受到应有的惩罚。可现在，我不但不能去告发，还要严守这个秘密。为了我心爱的女人。

　　我的父亲在全体社员会上以最高的姿态希望搞破坏的那个人自己站出来。在会上，我的父亲大讲特讲主动站出来和被动站出来的区别，两者的性质是如何的不同。我真是奇怪了，那个口若悬河的人是我的父亲吗？不论当我的父亲，还是当社员们的队长，我的父亲做足了一个父亲和"领导"该有的威严。稍有欠缺的是，我的父亲有口吃的毛病。一着起急来，大眼睛瞪成牛卵，眉毛跟着两片嘴唇一起掀动，想说的那个字鱼刺儿般卡在喉间，就是吐不出来。但是，一轮到"领导"发表重要讲话，话语如上好的锦缎，滑滑的，成匹成匹地往外抛，没有丝毫的停顿。社员们摸着我父亲抛出的大匹的锦缎，摸出了味道，摸出了分量。气氛很是紧张。没有人站出来的结果是，每个人都成了嫌疑犯。人们的脸色都不好看。李铁梅和李玉河的脸色夹杂在一堆难看的脸色当中，就变得不那么显山露水了。

　　所有的人都了解我那个倔强的父亲，主动交代成了泡影，并不代表我的父亲放弃了。下面是更加残酷的调查和检举阶段。事情就是这样，犯错误的人永远抱着侥幸的心理，在证据没有出现

172

证明他们是犯了错之前，他们是不会主动交代的。我父亲的那个会议只起到一个敲山震虎的作用。山被敲震了，老虎自然会慌乱，老虎一慌乱，就不难觅到它的踪影。更重要的是，那么多的疑似老虎，为了证明自己不是真的老虎，会千方百计地寻找到真正的老虎。这或许就是我父亲开动员会的最初目的。

那是一个人人自危的阶段。每个人都想表现得尽量坦然一些，却事与愿违，越是想表现得坦然，看上去越是贼眉鼠眼、心怀鬼胎的样子。于是，每个人看上去都像搞破坏的人。我的报复就在这个时候开始了。

当然，我又逃课了。在老师转过身在黑板上写板书时，坐在最后一排的我从教室的后门悄悄溜走了。我用最快的速度跑到生产队的场院上。其时，场院上空无一人，社员们都被我父亲派到地里干活了，看场院的人不知躲到哪里打呼噜去了。我直接奔向场院西侧的打麦机。打麦机口用一些干草覆盖着，我将手臂探进干草里，一阵探摸之后，藏在干草里的一副扑克牌便在我的手上了。我嘿嘿地笑了两声。李玉河，我让你玩牌，牌没了，看你还玩个屎。

牌是李玉河的。有时需要在场院上干活时，诸如晒粮食、翻晒豆子等等，休息时，李玉河会和几个人打打牌，打完了，把牌藏进打麦机的机斗里，用杂草什么的遮盖上。李玉河不在，别人想玩了，只管去机斗里取牌就是了。这也可能是为了方便大伙儿，李玉河才不把牌带在身上的原因吧。社员们都知道机斗里藏着牌，可谁也不会把它悄悄地拿走。所以，我不用费很大的力气就侦察到了扑克牌藏匿的地点。我拿了牌转身要走时，和一个人撞在了一起。这个人居然是李玉河。

不知为什么突然回场院的李玉河，盯着我手里的牌，坏小子，跑这儿偷牌来了！

我真是尴尬极了，懊恼极了，也是羞愧极了，做贼被当场捉住，再怎么说也是一件丢人的事情。我想说我没偷，可是，牌明明就在手里攥着。定了定神，我告诫自己，我偷的不是别人，是李玉河，想想他的所作所为吧，霸占了李铁梅，破坏了麦子，还装作若无其事的样子，害得全队的人都跟着背黑锅，真是坏透了！我的告诫起了作用，尴尬、懊恼、羞愧快速地消退了，取代它们的是义愤填膺。我想，两个男人真正的较量开始了。

把手里的牌举到李玉河的鼻子底下，用阴气很重的口气说，就偷了，把我怎么着吧。

李玉河也不示弱，你个小崽子，不看在队长的分上非打你一顿不可，看我回头不告诉你爸，让你爸好好慰劳你几大脚。

哼，我也要告诉我爸一件事儿，关于麦子，关于有人搞破坏的事。

你都看见什么了？！

白面书生李玉河的脸都绿了。

李玉河和我订了一个口头协议。只要我不说出我看见的事

174

情，他也就不去我父亲那里告发我。我一点也不担心李玉河会去我父亲那里告我的状，因为我发现，李玉河比我更害怕泄密。为了让我遵守我们之间的协议，李玉河不但搭上了一副心爱的扑克牌，还千方百计地讨好我。每逢劳动课，老师都要带我们去地里劳动，干些拾麦穗拔草之类的活儿。麦子还没有收割，我们只能拔空白地里的杂草，自己拔的草自己还要背回来。我们甲壳虫一样背着大大小小的草捆子爬进生产队的场院，排着队等着李玉河来给我们的草捆子过分量。过分量，记个账等此类活计均属"技巧"型的，偏偏都落到李玉河的身上。可见我父亲对李玉河的偏爱和信任。用我父亲的话说，谁有人家懂的道理多，人家肚里装的道理都快顶到嗓子眼儿啦，感……感冒了，都不敢大声咳嗽，大声咳嗽都怕那满肚的道理滚出来呢。李玉河做这些活计，大伙儿是没有任何争议的。瞧人家在纸上写写画画，就能领着几个知青排练出不比戏台上差的大戏来，谁有这个本事？谁也没有。李玉河一边给草捆过分量，一边在本子上记下每个草捆的斤数，以及人的名字。我是在领铅笔时才发觉李玉河对我的照顾的。我的草捆并不比其他同学的草捆大，而领到的铅笔却是最多的。不用说，肯定是李玉河在草捆的分量上做了手脚。诸如此类的讨好不一一赘述。我当然不会领李玉河的情。相反，我越来越蔑视这个男人。讨好越多，蔑视越多。越来越多的对李玉河这个男人的蔑视在我的内心郁郁葱葱地成长着，很快成荫了。我是个十岁的男人，十岁的男人已经学会思考了。除了蔑视之外，我在想，从李玉河的讨好和紧张来看，他犯下的错大概比我犯下的错大多了。

李玉河和我发生了一些变化，我的家里也发生了一些变化。家里的变化应该和我父亲开的那个动员会有关。

队里的社员们喜欢上来我家串门子了。我的父亲是队长，平常免不了人来人往的，但是这次的人来人往是和以往的人来人往有区别的。或许用这阶段的人来人往比较恰当吧。这个阶段的人来人往，人员更加的集中，更加的全面。平常不怎么来的，也在这个阶段来了。人们来了，表面上看是来闲坐坐的，坐在我家的长条凳上，抽一袋儿烟，喝一碗我母亲烧的开水，唠几句闲嗑儿。唠着唠着，人们会拐弯抹角地提到一个人的名字。那个人的名字仿佛是被人不经意地才提起来，仿佛是把所有的话题都说尽了才偶尔拿来凑数的最后一个话题。实际情况却是，说出那个人的名字才是他们来和往的真正目的。抽烟儿，喝白开水，闲唠，都是铺垫，都是次要的。铺垫再长也是铺垫，那个名字再不经意也是主角。

可怜我家的长条凳，它在那一阶段来不及喘息，承受着一只又一只面积或大或小的屁股的重压。

我的父亲当然清楚那个名字被不断地反复提起的意思。那么多人都在认同着一个名字，说明这个名字确实是有了问题的。我的父亲开始琢磨着找一个恰当的机会和那个名字谈话了。一个意外，使得我的父亲在腹内酝酿的谈话夭折了。

在我父亲给全队的社员们分派活儿的时候，那个名字嗷的一嗓子炸了窝，你们都说是我搞的破坏，我他妈破坏没少搞，这个破坏还真不是我搞的，你们不信，我死给你们看……那个名字冲向了场院一角正在兑农药的社员，夺过社员手里的药瓶子，在人们的惊愕之中喝光了瓶里的药水。我的父亲眉毛飞速地掀动着，快……快……快呀……快套马车……快……快淘一桶大粪来……缓过神儿来的人们迅速领会了我父亲的意思，套马车的套马车，淘大粪的淘大粪。一会儿工夫，七八桶大粪就拎到了场院上。我的父亲亲自拎起一桶大粪，早有几个壮汉子把那个名字束得牢牢的，那个名字紧紧地闭了嘴巴，父亲一个大巴掌抡过去，那个名字的嘴巴乖乖地洞开了，于是，父亲手起桶落，桶里的粪水朝着洞开的嘴巴欢畅地灌了下去。哇——那个名字一阵狂吐。我的父亲抹了一把身上溅到的粪水，你小子，活一大半了。然后，吩咐几个人把吐完的那个名字抬上马车，亲自赶着马车奔县里的医院而去。

我目睹了整个过程。看着那个名字喝药被灌大粪，看着李玉河人模人样地缩在慌乱的人堆里，我实在忍无可忍了，马上就要冲上去，大声宣布谁才是真正的搞破坏的人。但是，我又一次忍住了。爱，在关键的时刻又一次发挥了作用。

我看见我心爱的李铁梅惊恐地望着眼前发生的一切，然后，双手捂住脸，藏起惊恐的眼睛，泪水渗过指缝，无声地滑落。我的忍无可忍被那双美丽的惊恐的眼睛击败了。

我在心里发誓，以后再也不会接受李玉河任何形式的讨好了。

　　一个信息悄悄地在人和人之间传递、蔓延，说，有人向我父亲检举了搞破坏的人。我父亲之所以沉默着，是想给搞破坏的人最后一个机会。这条信息比瘟疫蔓延得还要快。

　　李玉河开始心神不安了。他的心神不安融在细小的碎片里，也许，只有我才能读出碎片上的不安和慌乱。举个例子吧。排样板戏的时候，李玉河本该是提着红灯出场的，他却光杆就跑出来了，惹得围观的人一阵哄笑，李玉河，红灯是不是憋啦？李玉河耷拉下眼皮，你小子敢说红灯憋了，想造反哪！一个回身，举着红灯再次上场。竟然没有人把李玉河的失误和不安联系起来。我的父老乡亲们，和我的父亲一样深深地相信着李玉河，崇敬着李玉河。李玉河也不是轻易就表现出他的不安的，纯粹的一条信息也不是那么就轻易地奈何得了李玉河的。李玉河想都不用想，肯定认为是我违背了我们的协定，我的违背才是他最害怕的。我向我的父亲告密了，然后，就有了我父亲放出来的那条信息。也就是说，那条信息是专门针对李玉河的。李玉河如此推断一番，怎么会不紧张呢？还有，为了这件事，还差点搭上一个无辜人的性命。我看得出，李玉河在努力寻找机会接近我，他想验证一下事情的真相。我偏偏不给他这个机会，千方百计地绕着他，躲着他。我的这一行为更加让李玉河恐慌，他更加认定是我出卖了他。再看我时，李玉河眼睛里的讨好没有了，换上的表情是深度的憎恨。那憎恨是长了牙齿的，不是我闪得快，早被它咬断了筋骨。

我不知道李玉河在后来那件事情发生前，想没想过要向我的父亲主动交代问题，我没有问过他。不是没有机会问他，而是我不可能问他。一看见他，我的心就堵得慌，就更强烈地思念李铁梅。

从我父亲收到一张字条说起。那张字条和麦田的空白，和事实的真相有关。晚上，我的父亲一个人去了字条上说的那个地方。

一片新的麦田的空白正在打开。泛黄的已经接近了收获的麦子颤抖着倒伏下去。被麦子们喘息呻吟的声音弄疼的父亲，刚要发泄一下他的疼痛，忽然惊愣住了。是幻觉，还是美丽的神话？眼前的美丽女子从哪里来的？她打开麦田的空白的同时，一个巨大的诱惑也正在悄然打开着。每一个男人都无法逃脱那个诱惑，它太美丽，太迷人。我的父亲狠狠地吞咽了一下口水，是你吗？

是我。

你在干……干啥呢？

我在等人。

我是你要等的人吗？

你说是就是吧。

我父亲的两只大手掌向前方撑着，只有那样撑着，他才能阻挡他的脚不再向美丽的诱惑迈进。

这是一张多么松软的大床，谁来，谁就是床的主人。你来，你就是。

我，有资格吗？

来了，就有资格了。

美丽诱惑的洞越开越大，我的父亲更加努力地用他的双手做支撑状，身上的衣服被汗水浸透了。

美丽的女人不再说话，看着我父亲的样子，笑了笑，然后站起身子，慢慢地靠近我的父亲，拨开我父亲那两条僵硬的手臂，细软的小身子就伏在了我父亲的胸膛上。

你不喜欢我吗？

喜——欢。

怎么不上我给你铺的床呢？

我怕，我怕，怕老天爷劈了我。

美丽的女人抬起美丽的眼睛，认真地看着我父亲的脸，说，我会记住你的。

美丽的女人便离去了。

我的父亲依旧保持着刚才的姿势，两只手臂努力地撑住。看着美丽的女人在他眼前消失掉，在小村子的眼前消失掉。我父亲悲伤地意识到，这个美丽的女人再也不会回来了。

两汪泪水在我父亲的眼睛里徘徊了很久，终于滚落下来。一颗麦被砸疼了，呻吟了一声。

再有人提到麦和麦的空白，我的父亲会没有来由地发火骂娘，渐渐地，麦和麦的空白就像水土一样从人们的生活里流失了。

李铁梅再也没有回来。李玉河也不再带着知青们排练样板戏了，整个人仿佛被岁月的霜打了，无精打采的，过早地呈现出了一副衰老状。我的父亲对他的表现很是失望，让他看起生产队的场院来。

没有人知道我在想什么。在大人们的眼里，我还远远不能算是一个大人，小孩子会有什么想法呢，就是有了某种想法也是天真的，不能算数的。

他们真是可笑。

我的想法不需要这些可笑的人知道，我所要做的是坚持我的想法，十年不变，二十年不变，一辈子不变。

我要离开这个小村子，去外边的世界找李铁梅。我相信，我爱的女人一定在小村外的某个地方。

这就是我当时的那个想法。

我只问你一句话

这一秒钟的米老师，正盯着锅贴儿往外走的背影。她双臂环绕，抱住自己的肩膀，身子有分寸地倚在卧室的门框上。那个叫锅贴儿的男人，在米老师的视线中，几个大步就走近了防盗门。米老师以为男人会回一下头，她甚至准备好了微笑，来迎接他的一回眸。看吧，嘴角已经往上提，笑意呼之欲出了。其实，米老师还以为，男人不仅仅是回一下头，而是翻转过身子，扑倒在她脚下，求着她把他留下来。并且，是以痛哭流涕的方式求着她。她觉得他可以做得出来，因为在她面前的二十年时间里，他一直是个柔软得没有筋骨的男人。

可是他没有。

开门，关门，然后就消失了。动作干净利索，好像他和这个家没有过二十年岁月的牵绊。

完全出乎米老师的意料。准备好的笑意，僵在翘起的嘴角边，隐退也不是，凸显也不是，左右为难。叫芒果的泰迪犬也有些失意，从表面看，男主人和以往没有什么不同。但芒果非常敏感，以往男主人去菜摊卖菜，都会给她抛一个媚眼儿，闺女，乖乖的，爸爸卖菜去喽。今天，男主人欠了她一个媚眼。是她芒果表现不好吗？陷在小失意里的芒果，和女主人一样，看着那扇紧闭的防盗门发愣。

这时，关闭的门再次被开启，叫锅贴儿的男人又回来了。

米老师赶紧调整自己的面部表情，她想酝酿一些和得意或者轻蔑有关的表情给男人看，你就是一只名副其实的锅贴儿，贴了我前二十年，还想再贴我后二十年不成？然而，米老师再次白忙活了，还没等她把新的表情挂在脸上，男人再次消失了。他不过是把手里的钥匙放在了门口的鞋架上。

他只专注于放钥匙，视线仅仅在鞋架上做了一个短促的停留，便和身子一起隐遁在门外了。连余光都没有分给米老师和芒果一两片。

砰——这是锅贴儿留下来的最后关门声。这一声，具有非凡的意义，它是一把声音之刀，将混沌二十年的夫妻生活切割开来。这边是米老师，那边是锅贴儿。从此，一个人民教师和一个卖菜的农民再无任何的瓜葛，他不再是她的锅贴儿，她也不再是他粘贴的灶具。

这一天，米老师盼了整整二十年。

妈，我自由了。

只这一句话，米老师便已是满面汹涌的泪水。过去，都是母亲在她面前流泪，而她的泪水一直憋在肚子里。憋了二十年的泪水，颗颗气质相同，它们有一个共同的名字叫"委屈"。经年累月的"委屈"们，在它们快要发疯时，忽然有了一个出口，便蜂拥而出，互相踩踏，互相拥挤，完全忽略了墙壁上黑镜框里的老人的哀戚的注视。呼救声、喘息声、碎裂声、呻吟声，融合在一起，模糊了米老师的视觉神经。有修炼成精的"委屈"，为了让米老师注意到它的存在感，避开高峰期，肢体健全地一颗一颗地摔在米老师衣襟上。米老师果然注意到了它们，在所有的泪珠儿当中，它们体态明显庞大许多，而且身上记载的事件时间清晰。

这一颗是收到录取通知书那天的。准确地说，它内含的苦难更多些，是委屈产生的根源。因此，它具有不可替代的重要位置。

是个傍晚。一只四条腿的矮桌摆放在堂屋中间，矮桌上有一盆粥，有一个高粱秆编的用来盛干粮的器具，里边凌乱着几块玉米面饼子。几只大白碗还没有来得及盛上粥，泛着很干净的白光。画面很像静止油画的一部分，构成另外一部分的是几个人。坐在蒲团上的他们，没有动一动筷子的意思，只是干干地坐着，几束目光交织在矮桌上的一张纸上。是的，矮桌上还有这样一张纸。那不是普通的纸，是一张师范大学录取通知书。二十年前，大学还没有扩招，毕业了还包分配工作，村里谁家的孩子被录取了，绝对是一件值得敲锣打鼓庆贺的事情。可是，这事摊在米老师家里，就不完全是喜气洋洋的了。通知书上的字迹不堪几双眼睛的重负，借着越来越暗的天色，让自己的形象模糊成一团。

我要死了就好了。父亲终于饶恕了无辜的通知书，把视线转移到面前的空碗上。

现在说这话，早前儿咋不死呢，拖累我们这么多年，没良心的。母亲眼神哀戚，语气却是凶狠的。

准大学生米老师不语。她想上大学，她想离开这里。所以，她不轻易说出放弃的话。她的眼睛依旧盯在模糊成一团的字迹上，因为，模糊下边掩藏着她清晰的未来。

然后，她看见母亲站了起来，把没有双腿的父亲，从蒲团上搬起来，放进身边一只割开的皮球里，再将两只小板凳递到父亲手上。皮球里的父亲动起来，两只小板凳是他的腿，跟在母亲身后出了家门。其时，是家家户户吃晚饭的时间，每一扇门里都烟火气息浓重，不用担心扑个空。母亲带着父亲，挨家挨户地走，挨家挨户地说上同一番话，挨家挨户地洒下几滴感恩的泪水。就是这个空隙，锅贴儿来米老师家里了。锅贴儿是米老师小学和初中的同学，没有考上高中便在村里务农了。米老师对他印象不是很深刻，因为他学习成绩不好，人无论从长相还是性格上，都没有太抓人的地方。米老师甚至都忘了他的大号，只记得这个个子不高的敦实男生叫锅贴儿。还没等米老师把基本的问候送出喉咙，锅贴儿已经把掌心里的一卷钱放在了矮桌上，只说了一句

"这是我打工挣的"就走了。

后来米老师知道了锅贴儿照顾母亲的那些事儿，呸地啐了一口，不要脸的，早就在我身上打主意了。

这一颗委屈的泪珠儿是大学即将毕业时的。

妈，我想去烟台工作。

米老师怕母亲反对，赶紧又接上一句，把妈带上。

母亲给了米老师长久的一个注视，在这个长久的注视里，母亲完成了对女儿的检阅和剖析。米老师不得不承认，母亲是厉害的，她一语便切中了要害。

搞对象了吧？烟台的？

米老师不打算否认，她说了是。

母亲很干脆地说，不行。

米老师抵住母亲的目光，给我一个理由。

你已经有婆家了——米老师听见母亲说。

于是，米老师知道了一个故事。米老师上大三那年，父亲去世了，奔完丧的米老师回了学校。父亲三七祭日时，母亲替米老师给父亲烧纸，要爬过一道渠才能到达父亲的坟地。母亲站在渠埝上，头一晕就跌进渠里，摔断了腿。在母亲住院的一个多月里，锅贴儿在工地上请了假，一直鞍前马后地照顾着，出钱又出力。刚开始母亲是拒绝的，这几年忙里忙外的已经过意不去了，伺候人的事儿咋好再麻烦。可锅贴儿说，婶子您就当我是您儿子，儿子照顾妈是天经地义的。这件事在村里引起了很大争议，人想破了脑袋，也想不出锅贴儿图了啥。锅贴儿个头矮，好不容易有给提亲的，他却回绝了女方。有聪明的村里人看出了门道，锅贴儿莫不是看上了大学生？这就不仅仅是癞蛤蟆想吃天鹅肉了，而是天方夜谭，根本就是个传说。锅贴儿妈绿了眼珠子，拿了鸡毛掸子追打到医院，骂一声挨刀儿的，你不说媳妇，八成是看上这个半老的婆子了吧？锅贴儿的脸涨红了，自己亲妈说出来的话让他又羞又怒，伸手刚要把当妈的往外推，病床上的人说了一句惊雷似的话。

姑爷伺候丈母娘有啥见不得人的么！

锅贴儿慌了，婶儿，您误会我了，我真没那意思。

母亲说，我有那意思。

亲历过"文革"的母亲，为了证实她的诺言并非传说，亲笔写了一张大字报，贴到了村里大队部的墙上。大字报上歪歪扭扭地写道：锅贴儿是我米家女婿，只要我活着就不会改变。下边是母亲的名字、手印和脚印。

故事很邪性，涉嫌编造，但它却是真实发生了的。怪不得放假回家，米老师总感觉不远处徘徊着一双眼睛呢。你看它时，它长了翅膀飞走了，你不看它时，它又在朝着你张望。

我要是不答应呢？

母亲的眼底开始风云变化，一阵决绝的风扫过，吹散了刚才的哀戚。你委屈，还能委屈得过我吗？话音刚落，嗖地一下，母亲从袖筒子里拔出来一把剪刀，对准自己的咽喉。随之一声锋利的呼啸，我死了，你就自由了。

妈，妈，妈……

我再告诉您一遍，您闺女我，自由了。

下雨了。这个时候它们来，不是来探听消息，就是来看热闹的。所以，米老师收了委屈的泪水，走到家里所有的窗子前，拉上所有的窗帘。雨的确是有目的而来的，见米老师存心拒绝它们，便加大声势，噼噼啪啪地拍打着玻璃。非要唤醒米老师的某些记忆不可。它们的固执多像她的母亲，米老师索性打开所有窗子的所有窗帘，用二十年前抵住母亲的眼神，抵住雨水的挑衅。雨丝的倾斜度，以及稠密程度，和二十年前的那个雨天是如此相像。

二十年前的那个雨天，米老师对锅贴儿说，嫁给你之前，我想出趟远门。锅贴儿说，行，我送你去坐车。那时候他们还没搬进城，那条通往国道的乡村路还是泥泞的土路。看着咕嘟咕嘟在唱歌的黑泥，锅贴儿蹲下身子，把结实的后背递给米老师。米老师不客气地攀了上去，这面后背欠她的，怎么还都还不清。米老师从国道上坐班车到北京，又从北京坐火车到烟台。火车咣当一下，米老师的心也咣当一下，身子笔直地坐着，没有睡意，也没有食欲。看着对面的一男一女两个人，一会儿拿出来两袋泡面，稀里呼噜吃了个不亦乐乎。过一会儿又拿出来两袋泡面，稀里呼噜吃了个不亦乐乎。没过两个小时，又拿出两袋泡面，稀里呼噜吃了个热闹。吃的时候，四只眼睛瞪得滴溜圆，恨不得连眼珠子都当泡面吃了。米老师一点也不觉得可笑，她实在没有多余的精力分享眼前的滑稽。咣当，咣当，车轮上一定是缀了太多雨滴，一下比一下急迫，一声比一声沉重。还好，在心脏炸裂之前，火车进了烟台站。

她看见了初恋的眼睛，以及初恋的蓝色雨伞，它们冷峻地矗立在人丛里。真是奇怪的雨噢，竟然尾随了她一千里地。她被他牵着，到了一家宾馆的某一间屋子。屋子里有一张大床，上边是雪花白的床单，雪花白的被子。她看见他的手伸进裤兜里，从里边摸出一二三四五六，一共六只安全套来。然后，对她说了见面后的第一句话，我想弄你，弄六次。

她没有惊讶，没有做出诸如捂住自己的胸，或者护住私处的动作。是她背弃了他，她来就是还账的，就是送上自己的第一次的。自己的第一次，不能白白便宜了锅贴儿，怎么也要和爱情有关系吧。所以，她甘愿被他掀翻，甘愿为他疼痛。许多许多的红颜色，从她身体的某个部位奔涌出来，覆盖了雪花白。她死死地咬住下唇，不让一声疼从嘴巴里掉出来。他弄累了，就坐在椅子上歇一会儿，歇到那个物件又有了精神头，再接着弄。他不说话，只专心致志地弄她，从一只安全套一直弄到六只安全套。弄完了，近乎虚脱的他，把六只已经染成红颜色的小套子，整齐地排放在她的肚皮上。然后说了一句话：

你就像它们一样，是我用过的垃圾。

189

回来的时候，雨停了，通向村里的土路更加的泥泞了。米老师刚一在村头的国道下车，锅贴儿那面坚实的背就在她眼前铺展开来。她虚弱地趴在他的背上，听着锅贴儿的胶鞋拔出泥泞的吱吱声。她对锅贴儿说，我已经被使用过了，是个垃圾了，你有种就把我扔在这里。

锅贴儿没种，他不但没有把米老师扔下来，而且两只手更有力地扳住米老师的双腿，不让她从他的背上掉下来。米老师冷笑了，你这只锅贴儿，是罪恶之源，呀呀个呸。

跟着妈妈去买菜吧。锅贴儿走的第一顿饭，米老师决定做得有声有色。外边的雨停了，不但适合买菜，还适宜遛遛芒果。芒果生性活泼，一听下楼，更是欢蹦乱跳，把不久之前发生的小忧伤，很容易就卸载掉了。米老师带着芒果出了大门口有些犯难，她不知道该往哪边走。西边离家两百米有一个菜市场，但是她铁定不会去，一个理由是锅贴儿在那卖菜，过去不会去是因为她看见锅贴儿的菜摊，就会莫名地替自己悲哀，更是怕遇见熟人遇见同事。噢，你老公敢情是个卖菜的，你不是说是个个体老板吗？另一个不去的理由很简单，家里有卖菜的，何必再买菜呢。基于这两个原因，米老师不用涉足菜市，不用知道各种菜品的时令价格。

那就朝东边走吧，反正这个周日的下午也无事可干。米老师沿着便道往东走，边走边招呼芒果，快跟上，前边有个小水坑看着点。米老师反倒是提醒了芒果，四只小脚丫不但踩了水坑，还要把水坑里的水刨起来，兴奋地观赏水花飞溅的景观。米老师一哈腰，把芒果从地上拾起来，抱着往前走。走过了一个红绿灯，又走过了一个红绿灯，走得身上出了热汗，米老师依旧没有打算放弃，起码今天不会吃泡面。那样的话，不光母亲会看自己的笑话，她也会轻视了自己。她要让母亲和自己看看，走了一个锅贴儿，日子照样颜色丰富。功夫总是不负有心人的，米老师终于发现一个卖菜的集中区，卖菜的小贩分布在羊肠子一样从城中村穿过的小路两边。临近傍晚了，叫卖声、吵嚷声，把坑洼不平的满是泥水的逼仄菜场搅得热气腾腾。米老师踮起脚尖儿，挑拣干净些的地段走。

大嫂子，您买点啥？

把着边儿的一个地摊，花白头发的妇人，蹲着摆弄手里的一把韭菜。她的头是仰着的，而且目标明确地朝着米老师仰着，也就是说，刚才的大嫂子是在叫米老师。

米老师很是不悦，但她是老师，不能轻易就排泄坏情绪。只是说，您是在叫我吗？

菜妇人说，是啊，是叫您。

米老师说，我咋会是您大嫂子呢？

菜妇人哈哈地笑，我们村管您这个岁数的女的都叫大嫂子。大嫂子，买把儿韭菜吧，家园子里长的，纯绿色的。

我这个岁数是啥岁数？很老吗？比你还老吗？米老师简直愤

怒了。正在这时候，怀里的芒果吠叫起来，而且吠叫的程度异常激烈。米老师以为芒果是在帮她，威吓菜妇人，可仔细一看不是，是在朝着一条刚跑过来的脏狗吠叫。那狗大概是菜妇人带来的，它跑到菜妇人身边就止了步子，见有同类表示不友好，便也不示弱，和芒果对着狂吠。它甚至蹲起来，扒着米老师的裤腿够芒果。它简直比脏还脏，居然扒自己的衣服，米老师厌恶地躲闪，并喝令芒果安静下来。芒果却无视了主人的命令，她不仅仅是在吠叫了，而且是极力挣脱米老师的怀抱，龇出来一嘴巴尖刺刺的牙齿，要与地上的小脏脏决一死战。尊贵就是一种气势，脏脏的你拿什么和我对峙，哼，看我不废了你。米老师慌乱了，她的力量有限，怀抱快控制不住芒果了。果然，芒果一个前跃的动作，从米老师的怀抱滑脱出来，直接滚落到泥污里。芒果一看自己真的落地了，魂魄都吓丢了，赶紧回头扑向米老师，寻求安全的怀抱。一旁的脏狗也停止了吠叫和扑咬，用不屑一顾的神情欣赏着芒果的慌乱。

　　米老师那叫一个窝火，菜没买成，自己和芒果两个还弄了一身的脏污。领着芒果气哼哼地回转，到家先换了衣服，简单清洗了自己，然后给芒果的澡盆放了热水。这时才发现，重大的问题来了。芒果拒绝让米老师洗澡，就在米老师放水的时候，她藏了起来。米老师想起来，以往锅贴儿给芒果洗澡，总是一边敲盆子，一边哼唱一首歌。芒果一听歌子，便欢快地跑过来，让锅贴儿抱她入澡盆。洗完了，再来个贵妃出浴，用浴巾一包，美极

192

了。锅贴儿唱的好像是"芒果乖乖，洗澡白白"，但是，米老师不愿意模仿锅贴儿，她希望芒果弄明白一个事实，要和她一起开始全新的生活。于是，米老师开始寻找芒果，用棍子将芒果从床底下捅出来，开始人狗版的"猫和老鼠"式的追逐。泰迪犬芒果灵巧的身段，今天终于有了充分展示的机会，她跑，从床上跑到地下，从地下跑到沙发上。床上沙发上烙满了芒果的黑爪子印，米老师气疯了，歇斯底里地咆哮，芒果，该死的芒果！忽然，米老师停止了追逐，她好像听到有笑声。咯咯咯的，那么像母亲的声音。米老师进了小客厅，一看母亲牌位处挂的遗像果然有了变化，哀戚的神情转换成了嘴角上翘的模样，眼神里荡漾着明亮的嘲笑。

母亲知道自己的病时，发出长长的一个虎啸音，我不想死啊，我死了没人管得住大米了。直到临咽气，还叮嘱锅贴儿把她携带了二十年的剪刀和她的牌位放在一起，说剪刀是有灵性的，可以镇住米老师。

妈，您是不是特别解气？米老师问嘲笑她的母亲。

一肠子坏心情开始发酵，咕噜出一连串的声响，提醒米老师，它需要补充新鲜的养料，来调整一下情绪。米老师打起精气神来，在厨房好一顿翻腾，连个菜帮儿都没有找到。这个锅贴儿真是够恶毒的，一点储备都没有给她留下。米老师不甘心，把厨房的角角落落又仔细地摸排了一遍，终于在一只纸箱里找出几盒泡面。泡面是没有技术难度的，不过是烧烧开水而已，这个她做得来。忽然，米老师眼珠一转，母亲正眼巴巴地等着看笑话呢，一定不能如了老人家的心愿。于是，米老师操起刀铲，制造出高低起伏的乒乒乓乓和叮叮当当声，口中还吆喝着，宫保鸡丁好了，红烧排骨好了，酸菜白肉好了，酸辣汤好了。

这是锅贴儿做饭的节奏。每炒好一样菜，他都要高声通报一下。坐在客厅里吃瓜子看电视的米老师，才懒得应答呢，等到锅贴儿喊道酸辣汤好了时，意味着内容丰富的晚餐就要开始了。米老师的屁股就会主动从客厅的沙发上移驾到餐桌边的椅子上，边吃边骂锅贴儿，你安的什么心，晚饭做这么丰富，成心要我长胖不是？何止是晚饭，家里的三餐都是体贴入微的。早上锅贴儿要去市场趸菜，凌晨三四点就得出家门，安顿好了菜摊儿，再跑步回家给米老师做早点。米老师爱吃煎饼，锅贴儿今天摊小米面的，明天摊绿豆面的，打上两个鸡蛋，刷上面酱辣酱，一张刚出油锅的小薄脆，再弄几片绿油油的生菜一裹，要多香有多香。米老师在锅贴儿面前永远是高贵和矜持的，嘴上吃得再满意，言语和表情上也从来没有露出来过。还行，凑合吧，这些词汇已经是对锅贴儿最好的肯定了。她永远都不会对锅贴儿做出肯定，他为她做什么，都是应当应分的。

碗筷在触碰，椅子在挪动，米老师的晚餐开始了。尽管桌子上只有一桶泡面，但是她的语言是丰富多彩的。

芒果，来块肉肉，你的最爱。

芒果，要不要吃鸡丁呢？

芒果一动不动地趴在门口的脚毯儿上，脸朝着防盗门的方向，把自己装扮成一个可怜的等待者。米老师极具诱惑力的呼喊，芒果听得一清二楚，她的身子没有动，只是抛过去一两个不屑的眼神。桌子上明明什么都没有，米老师却非要说谎，她有些鄙视米老师。米老师稀溜溜吞下一口泡面，回敬了芒果一个不满，低声嘀咕，不听话，不给你饭吃。米老师是疼爱芒果的，气话不过是说说，仍旧从自己的泡面里分出一部分来给芒果。芒果却不买账，依旧一动不动地保持着等待的姿势。米老师垂下身子，想去触摸或者拥抱芒果，芒果以为米老师又要捉她洗澡，在米老师的指尖即将触及她的毛发时，嗖地从地上弹起来，不见了踪影。

戏是做给母亲看的，米老师当然要看看母亲的反应。她相信母亲是听到了的。母亲会是惊讶的，还可能是失落的，惊讶和失落都源于她的厨艺。那样的表情是米老师需要的，她到底为自己扳回了一局。但是，米老师从母亲的面部看到的，既不是惊讶，也不是失落，而是深深的质疑。米老师真是沮丧，自己努力的表演，没有得到观众的认可。

回到自己的卧室，米老师把自己摊在床上，肚皮上的白肉四下流淌，像锅贴儿往锅里倒的面糊。又是该死的锅贴儿，他走得干干净净，把一团糟的生活留给她。米老师有了一种被抛弃感。这个想法刚一冒出来，米老师就狠狠地骂自己，明明是自己抛弃了他，怎么会是他抛弃自己呢，他有什么资格，凭什么？

哼——一个冷笑突然从鼻孔里溜达出来，吓了米老师一跳。智慧的脑细胞为了佐证是她抛弃他，而不是他抛弃她，特意搜索出一段和抛弃有关联的记忆，举到米老师眼皮底下，用铁的事实给米老师打气。米老师定睛细看，这段记忆纹理清晰，没有丝毫陈旧的气息，仿若就发生在此刻。

过去有带刀卫士，而母亲是带剪刀卫士。二十年间，剪刀不离身，只要米老师有风吹草动，母亲的剪刀随时会飞出来。米老师对母亲怀里的那把剪刀无可奈何，经过长久地思虑，她想明白一个问题。母亲不允许自己的女儿做女陈世美，但是锅贴儿要是先做了男陈世美，母亲总不能也以死相逼吧。锅贴儿做了男陈世美，自己多年的愿望便轻松达成了。怎样才能使锅贴儿做陈世美呢？米老师煞费苦心，这锅贴儿除了卖菜，除了做饭洗衣擦地，不聊QQ，更不洗浴，不按摩，主动外遇的可能性几乎为零。米老师想出了一个办法，那就让他被动外遇，只要让母亲相信了就行。

于是就有了这么一天的晚上，锅贴儿正在厨房炒菜，刚吆喝"手撕白菜"好了，门铃便响了。刚进城不久的母亲说谁啊，米老师的屁股早离了沙发，颠儿颠儿去开门了。开了门儿，一个三十岁左右的女子，并不答话，将米老师拨拉到一边，硬生生地往里闯。米老师边拉扯女子的衣襟，边喊锅贴儿赶紧过来，家里来了强人啦。锅贴儿举着铲子跑过来，女子一见锅贴儿，鼻子一抽一抽地往锅贴儿身上拱，锅贴儿，我带着咱孩子来看你了，你不会真那么狠心，连个名分都不给我们母子吧？女子一说，几双目光都往女子的肚子上聚焦，果然，那女子已是大腹便便之躯。锅贴儿惊叫，你是谁，凭啥要冤枉我？

米老师满面狰狞，妈，这就是您千好万好的女婿，整个儿一只披着羊皮的狼。又冲着那女子喝道，你不是要名分么，老娘我给你，现在就把你的名分带走。推搡着锅贴儿和女子一起往门外走。妈，我真不认识这个女的！锅贴儿一只手挥舞着手里的铲子，一只手死死地扒住门框。

等一下！

一直静观事态发展的母亲，冲破米老师的防线，从打扮妖娆的女子衣襟底下，拽出来一只膨胶棉的垫子。女子见计谋被拆穿了，朝着米老师耸了耸肩膀，不是我演技不好，是敌人太狡猾了，您把剩下的钱付了，我好走人。

米老师栽到了母亲手里，从那次之后，母亲隔三岔五就将CT机子一样的目光，在米老师身上扫射一遍，检查一下思想是否染了病毒。锅贴儿在母亲面前越发地成了哈巴狗：妈，我给您打洗脚水去。妈，您靠沙发上，我给您捶捶腿。妈，我就是您亲儿子，有事儿就指使我。妈这个，妈那个，嘴上紧着劲儿地喊，唯恐米老师给抢去了。有时候喊着喊着，母亲就说，来，坐下，咱娘两个说说话儿。母亲拉了锅贴儿的手，却一句话不说，眼巴巴地瞅着。瞅着瞅着就落下泪水来，苦了你了，大米要是欺负你，我饶不了她。

米老师那叫一个恨，恨得牙根子疯长。忽然，米老师想到一个问题，自己和锅贴儿离婚，究竟有多少和母亲置气的成分呢？

米老师怎么也没想到周一上午闹了个大笑话。让她火冒三千丈的是，在她成为笑话的中心时，她是浑然不觉的。晚上吃过泡面，米老师特意打开电视看新闻，不是她喜欢看新闻，而是新闻里有她的影子。米老师是教育界的政协委员，上午区政协组织部分委员视察第九中学新落成的教学楼，米老师作为委员之一参加了活动。

早上起来，米老师开始选衣服。锅贴儿在时，米老师是不用担心衣服问题的。穿过的衣服都不用自己亲自脱，锅贴儿鞍前马后地伺候着，您劳驾，抬抬左胳膊，得嘞，再辛苦一下右胳膊。锅贴儿把衣服拿去洗了，晒干了，然后拿熨斗熨平了，再一套一套搭配好，挂到衣柜里，米老师想穿哪套就穿哪套。现在米老师打开衣柜，左拿一件，颜色不好，右拿一件，有点休闲，翻来翻去，里边的衣服就像尸体一样横陈着，分不清哪件是该洗的，哪件是洗过的，皱皱巴巴地拥挤在一起，根本穿不出去。衣柜一定是施了魔法，而且施魔法的人就是锅贴儿。

米老师有一双迷人的手，细腻的肤质上闪烁着一层油亮亮的光芒，拿粉笔在黑板上写板书，直晃学生的眼珠子。这是长期不劳作，经过精心保养的手。米老师鄙视锅贴儿对她的种种下贱行为，却不拒绝，舒舒服服地享用了它二十年。享用的直接后果就是，她成了一个饭来张口、衣来伸手的人。锅贴儿走了，米老师太上皇般的生活就夭折了。米老师准备抛弃锅贴儿准备了二十年，连她自己都不知道，她的生活方式已经完全是锅贴儿的生活方式。

气急败坏的米老师看了看表，现在是八点过五分，离着约定的八点半还有二十五分钟。就用这二十五分钟的时间，去商店买一件衣服，米老师一旦做出决定，就朝着楼下飞奔。飞奔的姿态有些玩命的意思，和她往日的袅袅婷婷形象相去甚远。

飞奔着打车。司机说，去哪里。她说，不知道，最近的商场。顺利的话，五分钟的车程，遇上红灯，要六分半的车程。商场的路很近，对米老师来说很遥远。通往商场的路都是锅贴儿来走的，他趁下午卖菜的间歇，去商场转悠，看上哪件衣服了，就把号抄下来，去网上买。他不上网聊天，但是会上网购物，而且购的物十有八九都是米老师的，从外衣到内衣再到胸罩，无所不有。米老师奇怪的是，卖菜的锅贴儿购来的衣服，不仅款式符合她的审美观点，而且尺寸拿捏得恰到好处，多一分嫌肥，少一分嫌瘦。真是没有出息的男人，只有没出息的男人才缠绵于这些细节。

司机把米老师放在一家专卖店门口，米老师飞奔着冲进去，气喘吁吁地告诉服务人员，麻烦您找一件适合我的衣服。人问，多大号码。米老师答，您看着我穿多大号码，就找多大号码，要快，要快。米老师真不是谦虚，过去的日子里，她根本不用知道自己穿多大号码的衣服。人没见过这么买衣服的，五分钟之内帮米老师选好了一件上衣。颜色式样还算说得过去，没有时间挑剔了，米老师冲进试衣间，顷刻又冲出试衣间。可以了！将旧衣服塞进袋子里，付了钱就冲出商场。打车到区政协门口，冲进大院一看点儿，人都到齐了，正准备出发呢。

米老师忽略了一件事，新衣服上是有标签的，在商场忘了剪掉。米老师留的是中年女人常见的卷卷头，头发到脖颈处，长方形的标签垂在脖颈下边，显山又露水。米老师从电视里一眼就看见了，而且，摄像的小伙子还给她的后背来了个特写。米老师的手摸着后脖颈处，那枚耻辱的标签还在。她带着这枚标签参加了考察活动，下午又带着它给学生上课，可是，整整一天，为什么没有一个人告诉她。为什么？他们集体见证了一个笑话。最不能原谅的是她的同事们，下午在教研室，他们一定看见了那枚标签。他们是存心不说，存心让她出丑。她得罪过他们吗？没有。在他们眼里的她，不过是有一个善于经营她的老公，像热爱土地的农民一样，精耕细作：油菜花比别人家的味道香，引得半个世界的蝶儿都醉了；豆荚比别人家的饱满，是一种青翠至极的肥厚；树上的苹果呢，更是比人家的红润甘甜上几分。所有的土地都希望有一个庄稼把式，同事们嘴上羡慕，把嫉妒和恨按压在心里。今天，她终于有了一个出丑的机会，他们怎么会轻易放过呢。寻根溯源，都是锅贴儿造的孽，是他绑架了她日常的生活能力，把她变成了一个白痴。

她要把他碎尸万段，然后把尸肉剁成饺子馅，包饺子吃了才

200

解气。冲进小客厅，从母亲遗像下边的小茶几上，抄起母亲的剪刀，拧眉立目地对母亲吼，我用这把剪刀把锅贴儿杀了！她以为母亲会担心，会惊恐，母亲不仅没有，还展露出来相反的表情。

母亲在微笑。

米老师举着剪刀的手在颤抖，因为她发现又做了一件愚蠢的事情。她的失控刚好是母亲愿意看到的，只有她失控了，才说明锅贴儿存在的重要性。

这个晚上，是锅贴儿离开的第二个晚上。

肮脏的芒果，经过一个晚上失望的等待，眼见又过了男主人回家的钟点，守在门口的她，开始哼哼唧唧。哼哼唧唧的分贝随着时间的深入，在逐渐增高，边哼哼边把目光投向米老师。她的意思再明确不过了，作为狗类，她的能力有限，希望女主人带着她去找男主人。所以，芒果投向米老师的目光里，荡漾着满满的祈求。连头发丝都冒着腾腾怒气的米老师，正愁没有一个具体的发泄目标，可怜的芒果只好中枪了。

再哼哼，把你关门外边！

芒果也是被宠惯了的，完全预料不到没有经历过的事情，便忽视了米老师的喝令，继续哼哼唧唧，不过是稍稍调小了分贝的度数。

米老师动真格了。人类是高等动物的具体体现就是，智商高计谋多，米老师怕带着怒气冲过来，会吓跑芒果，便戴上一副温柔的面具掩盖了狰狞的五官，芒果乖，乖噢。芒果以为愿望要达成了，摇起了尾巴，以示感恩和激动。门儿打开了，米老师一脚将芒果窝了出去。

迅速关上门儿。

如梦方醒的芒果吓坏了，她从来没有享受过这种待遇。楼道里阴森森的，凝固着一种可怕的寂静。不，不要，芒果叫，芒果大声地叫。叫声可以减轻恐惧的心情，也能换来女主人的同情。然而，芒果面前那扇门，关得死死的，像是吃多了安眠药的沉睡者，怎么叫都无动于衷。汪汪汪，汪汪汪，芒果歇斯底里了。芒果是真的怕了。

芒果叫的门没有醒，楼上楼下的门纷纷睁开了眼睛，而且大大地洞开，从里边杀出来一群怒不可遏的人。他们用眼神，用唾沫做武器，嗖嗖地向芒果投掷过来。芒果更加地惊惧，魂魄都要出窍了，发出骇人的哀号声。米老师再也不能无动于衷了，她一个暴跳，携带上母亲的剪刀，从撕开的门缝里蹦出来。将剪刀高高举起，朝着楼下杀去。芒果一看米老师的架势，也来了精神，雄赳赳地跟在米老师身后。这是要拼命啊，洞开的门没有不惊慌失措的，赶紧死死地闭合了。

米老师举着剪刀，率领着芒果，径直朝锅贴儿卖菜的市场而来。菜市上静悄悄的，摊贩们早收了摊儿。老眼昏花的路灯，正眯着眼看几个人打牌，见一个中年女人领着一只狗带着煞气闯进来，使劲睁大了眼睛。女人疾步行到打牌中的一个人身边，把手里的剪刀对准自己的咽喉，大声质问：

锅贴儿，我只问你一句话！

叫锅贴儿的男人，抱起地上的狗，笑眯眯地看着女人，等着女人的讯问。

北岳爱情小说书目

长篇小说

李骏虎	《婚姻之痒》	28.00 元
孙 频	《绣楼里的女人》	25.00 元
田文海	《三十里桃花流水》	36.00 元
昂旺文章	《嘛呢石》	29.80 元
冰可人	《爱你若如初相见》	36.00 元
小 岸	《在蓝色的天空跳舞》	28.00 元
朱文颖	《戴女士与蓝》	24.00 元
符利群 许绘宇	《纸婚》	30.00 元
鲍 贝	《独自缠绵》	29.80 元
李骏虎	《奋斗期的爱情》	26.80 元
鲍 贝	《空阁楼》	29.80 元
于晓丹	《1980 的情人》	39.80 元
鲍 贝	《观我生》	49.80 元
鲍 贝	《书房》	39.80 元
鲍 贝	《空花》	39.80 元
吴新奇	《胭脂河》	36.00 元

中短篇小说

李骏虎	《此案无关风月》	28.00 元
鲍 贝	《松开》	28.00 元
王秀梅	《浮世筑》	28.00 元
杨 遥	《我们迅速老去》	28.00 元
手 指	《鸽子飞过城墙》	28.00 元
孙 频	《无极之痛》	29.80 元
羿 愚	《欢乐颂》	29.80 元
林 森	《捧一个冰椰子度过漫长夏日》	29.80 元
墨 白	《记忆是蓝色的》	29.80 元
霍 君	《我什么也没看见》	29.80 元
刘 芬	《写给艾米莉的情书》	29.80 元

......

欢迎荐稿　欢迎赐稿

邮箱 274135851@qq.com